髪ゆい猫字屋繁盛記

忘れ扇

今井絵美子

角川文庫
18294

目次

帚木

1

植木職人の太作《たさく》がハタハタと団扇《うちわ》を煽《あお》ぎ、大きく開け広げた襟《えり》に風を送り込むと、気を苛《いら》ったように碁盤《ごばん》の上にぽいと将棋《しょうぎ》の駒《こま》を放り出した。

「止めた、止めた！　こう暑くっちゃ将棋などやってられるかってんでェ！」

煙草屋《たばこや》のご隠居がふンと鼻で嗤《わら》う。

「まったく、おまえって男は詰められそうになると、いつもこれなんだから……。所《しょ》詮《せん》、あたしの相手ではないということなんですよ」

太作は悔《くや》しそうにご隠居を睨《ね》めつけ、剝《む》き出しにした膝《ひざ》をバシンと団扇で叩《はた》いた。

「ふン、なんでェ！　蚊《か》まで俺を莫迦《ばか》にしやがって……」

「おや、蚊に食われたって？　妙だね。蚊遣《かや》りを二つも出しているってェのにさ」

おたみは竹蔵《たけぞう》の元結《もとゆい》をきりりと締《し》めると、鏡越《かがみご》しにちらと待合を窺《うかが》った。

すると、厨《くりや》から待合の客に麦湯《むぎゆ》を運んで来たおけいが、

「誰の血が一番美味《うま》いのか、蚊もちゃんと知ってるってことでさ……。他の者は食われないのに、太作さんだけ食われるってことは、そういうことだろ？」

と、つるりとした顔で言った。

「へへっ、太作よォ、おけいに一本取られたじゃねえか！　蚊は糟喰《かすくらい》（酒飲み）の血を滅法界《めっぽうかい》好むというからよ」

左官の竜次《たつじ》がひょうらかす。

「竜、この野郎、言ャあがったな！　おめえだって、夕《ゆん》べ、どろけん（泥酔《でいすい》）になってたじゃねえか。そのおめえが食われねえのに、なんで俺だけが……」

「そりゃ、俺はおめえみてェに美味《うめ》ェもんを食ってねえからよ。なんせ、餓鬼《がき》が出来てからというもの、嬶《かかあ》の奴が途端に爪長《つめなが》（吝嗇《けち》）になっちまってよ。此《こ》の中《じゅう》、無塩《ぶえん》の魚なんて食ったことがねえ……」

竜次が恨《うら》めしそうに眉根《まゆね》を寄せる。

「しょうがないじゃないか。竜次さん、おとっつァんになったんだもの。さっ、ぶうたれていないで、麦湯をお飲み」

おけいが待合の客に麦湯を配って廻《まわ》る。

盂蘭盆会《うらぼんえ》もいよいよ今宵《こよい》は霊送《たまおく》り……。

が、今日も髪結床猫字屋《かみゆいどこねこじや》は応接に暇《いとま》がないほどの忙しさであった。

結床《ゆいどこ》では女主人《おんなあるじ》のおたみが魚河岸《うおがし》の仲買魚竹《なかがいうおたけ》の主人竹蔵の髷《まげ》を結《ゆ》い、その隣では、義娘《むすめ》のおよしが料理屋亀松《かめまつ》の女将《おかみ》お蓮《れん》の島田《しまだ》くずしを結っている。

そして、待合には太作に竜次、煙草屋のご隠居に翁屋《おきなや》のご隠居と、それに猫字屋では初顔の四十路《よそじ》がらみの男が一人……。

おまけに、おたみの脇には、大胆にも両手両脚《りょうあし》を広げ、天井にお腹を剥き出しにした恰好《かっこう》で寝そべる、黒猫のクロヤまでが……。

竹蔵は横目でクロヤを流し見ると、やれ、いい気なものよ……、と独《ひと》りごちた。

おたみがくすりと肩を竦《すく》める。

「なんでしょうね。暑い寒いは猫に訊《き》けと言いますが、寒いときは少しでも暖かい場所を捜《さが》して丸くなって眠るくせして、暑いとあんなにあられもない寝姿をして、身体《からだ》の熱を発散しようとするんだもんね……」

「だが、それなら、何も人の熱気で茹《う》だりそうになるこんな暑い部屋の中にいなくても、どこか風の通りのよい場所で眠ればよいものを……。クロヤはよっぽどおたみさんが好きなんだね。目の届く場所から片時も離れようとしないんだからさ……」

「まあね……」

竹蔵が上手《じょうず》を言っていると解《わか》っていても、おたみもまんざら悪い気がしなかった。

すると、二人の会話が耳に入ったのか、待合の男が声をかけてきた。

「ここの看板のことなんだがよ。通常、髪結床というのは丸板に結髪《けっぱつ》の絵ってェのが相場だが、ここんちは黒猫の絵が描《か》いてあるだろ？　腰高障子《こしだかしょうじ》に書かれた屋号《やごう》だってそうだ……。江戸の髪結床の六、七割方が上総屋《かずさや》だというのに、ここは猫字屋……。正《まさ》な話、障子が開け放たれていなければ髪結床と気づかずに素通りしちまうところだったが、猫字屋という何故《なぜ》かしら奇妙な名前に気を取られちまってね。それで、ついつい吸い込まれるように中に入ったんだが、この名前には何か意味があるのかえ？」

男が興味津々《きょうみしんしん》といった顔をする。

「おっ、おたみさん、聞いたかよ？　ついつい吸い込まれるように中に入ったんだとよ。まさに、術中《じゅっちゅう》に嵌《はま》ったも同然……。さあ、言ってやんなよ、見世《みせ》の名の由来《ゆらい》をさ！」

太作が鬼の首でも取ったかのような顔をして、槍《やり》を入れる。

「なんだえ、術中に嵌ったなんて人聞きの悪い……。いえね、大した意味があるわけではないんですよ。元々、あたしは猫好きでしてね。照降町《てりふりちょう》自身番の斜向《はすむ》かいに床見世《せ》を出そうと思ったとき、実はこんなことがありましてね……」

おたみはくすりと笑うと、猫字屋と名をつけたときのことを話した。

「いえね、ここに見世を出す際、大工や建具屋《たてぐや》が入りましてね。九ツ（正午）近くになって、そろそろ弁当でも遣《つか》ってもらおうかと、茶を運んでいったときのことなんですけどね。当時飼《か》っていた子猫が脚にじゃれつくじゃありませんか。躓《つまず》くと危《あぶ》ないと思って、ひょいと子猫を片手に抱え、店先に出て行ったんですよ。すると、油障子《あぶらしょうじ》を取りつけていた親方が、こりゃなんじゃ、と訊くじゃありませんか。あたし、てっきり、小脇に抱えた子猫のことだと思い、咄嗟《とっさ》に、こりゃ猫じゃ、と答えたんですよ。ところが、親方が訊《たず》ねたのは、息子の佐吉《さきち》が看板にしてはどうかと、木場《きば》の材木屋から拾ってきた欅板《けやきいた》だったんですよ！　うっかり徳兵衛《とくべえ》もいいところ……。けどさ、なんだか笑える話じゃありませんか？　それで、屋号をつける段になり、案外、面白《おもしろ》いかもしれないと思い、こりゃ猫じゃをもじって猫字屋にしたんですよ。ええ、勿論《もちろん》、気に入っていますよ。あたしの見世には相応《ふさわ》しい名だし、とにかく、一度聞いたら忘れない名前でしょう？」

おたみは言いながらも手を休めない。

竹蔵の髷が見る見るうちに結い上げられていった。

「成程《なるほど》ねえ……。それで猫字屋か。うん、いい名だぜ！　上総屋なんてつけたんじゃ、どこの上総屋か判《わか》りゃしねえが、その点、猫字屋は江戸広しといえども、ここんちだけだもんな」

男が納得したように頷《うなず》く。

「ところで、おめえさんは初顔のようだが、照降町の者かえ？」

なんにでも首を突っ込む太作が、早速《さっそく》、割って入ってくる。

「ええ、実は、一廻《ひとまわ》り（一週間）ほど前に、小網町《こあみちょう》一丁目に越《こ》して来ましてね。これまでは深川にいましたので、大川を渡るところも町の佇《たたず》まいが変わるものかと思いましてね。ここいら一帯は、通称、照降町だとか……。それで、あたしが越したのは小網町なのに何ゆえ照降町と呼ばれるのかと大家に訊ねますと、堀江町《ほりえちょう》、小舟町《こぶなちょう》、小網町の三町は、雪駄屋《せったや》、傘屋《かさや》が軒《のき》を連《つら》ねていて、一方は晴天を、また一方は雨天を望むんで、照っても降ってもという意味合いから、照降町と呼ばれるようになったというではありませんか……。あたしはそれを聞いて、目から鱗《うろこ》が落ちたような想《おも》いがしましてね。これぞ、江戸の粋《いき》！　しかも、西堀留川《にしほりどめがわ》を渡れば、魚河岸に米河岸《こめがし》……。江戸の台所を背負《せお》っているのですからね」

男は麦湯を口に含むと、満足そうに目許《めもと》を綻《ほころ》ばせた。

「当た棒よ！　照降町ほど住みやすいところはねえんだからよ。で、おめえさん、一廻りほど前《めえ》に小網町に越して来たと言いなすったが、何をしていなさるんで？」

　太作が男を上目《うわめ》に窺《うかが》う。

　男はあっと威儀《いぎ》を正した。

「これは失礼を……。あたしは菱川瑞泉《ひしかわずいせん》というしがない下絵師《したえし》でして……。此度《こたび》、小網町一丁目の時雨店《しぐれだな》に寄寓《きぐう》することになりましてね」

「時雨店……。ほう、次郎左衛門《じろうざえもん》さんの長屋ですな」

　翁屋のご隠居がひと膝《ひざ》前に身を乗り出す。

「ええ、たまたま二階家が空《あ》きまして……。そんなわけですので、こちらには度々お伺《うかが》いすることになるかもしれませんので、以後、お見知りおきを……」

「下絵師の菱川って、あの見返り美人の？」

「太作、このひょうたくれが！　見返り美人図ってェのは、菱川師宣《もろのぶ》ではありませんか！　第一、江戸の前期に活躍した師宣とこの人が同じのわけがない。この人は菱川は菱川でも、ええと……、菱川……」

　翁屋のご隠居が言葉に詰まり、瑞泉を窺う。

「瑞泉。菱川瑞泉と申します」

「けど、菱川と名乗るからには、菱川師宣の子孫とか、門弟……」

今度は、煙草屋のご隠居が目を輝かせる。

瑞泉は気を兼ねたように、月代《さかやき》に手を当てた。

「そう思われても仕方がありませんが、まったく関係がありません。あたしの本名は格次郎《かくじろう》……。深川の芸者置屋の息子に生まれましたが、幼い頃より色事出入りや濡《ぬ》れた袖《そで》を見飽《みあ》きるほど見てきましたもので、次第に、女《おな》ごのじなつく仕種《しぐさ》に興味を持つようになり、その姿を是非《ぜひ》にも描き上げたいと……。菱川師宣はあたしの好きな絵師の一人です。それで、雅号《がごう》をちょいと拝借させてもらったというわけでして……」

「なんでェ、勝手に借りたのかよ！　じゃ、俺が歌麿《うたまろ》から名を借りて、喜多川《きたがわ》太作とつけてもいいのかよ」

「おめえは絵師か？　植木職人が苗字《みょうじ》を持ってどうするってか！」

竜次に鳴り立てられ、太作はへへっと肩を竦めた。

「成程、それで解りました。おまえさんはどこから見ても職人や担《にな》い売りではない……。どこかしらゆったりと構えていて、一体何者なのかと思っていましたが、昼日中、こうして髪結床の待合であたしたちみたいに無聊《ぶりょう》を託《かこ》っているわけではなく、人を観察しているのですな？」

翁屋のご隠居が仕こなし顔に言うと、太作がひょっくら返す。

「へへっ、それにしてはここには品者《しなもの》（美人）が一人としていねえ！　いるのはしょうもねえ野郎と爺《じじい》、それに薹《とう》の立った女ごばかりだからよ」

すると、片はずしを結い終えたばかりのお蓮が振り返り、

「薹が立った女ごで悪うござんしたね！　ああ、あたしはいいさ。三十路《みそじ》を疾《と》うに過ぎてるんだからそう言われてもさ。けど、およしちゃんやおけいちゃんにそれじゃ済まないじゃないか！　ほら、およしちゃん、言ってやんなよ、太作にさァ！」

と甲張《かんば》ったように鳴り立てる。

「へっ、寝言は寝て言えってェのよ！　およしは所帯持ちじゃねえか。亭主のいる女ごなんて、いかに物好きだろうと洟《はな》も引っかけやしねえ。まっ、おけいは二十歳《はたち》ときて水気《みずけ》がねえとはいえねえが、いかんせん、華《はな》がねえ……」

「何さ、太作。黙って聞いてりゃいい気になって！　憚《はばか》りながら、あたしは女髪結の端《はし》くれでしてね。他人《ひと》に華を売るのが商売なんだよ！」

珍しく、おけいが気を苛ったように鳴り立てる。

「おけいちゃん、よく言った！　あんな猪牙助《ちょきすけ》は相手にしなくていいんだよ」

お蓮が手鏡《てかがみ》で髷の結い具合を確かめると、帯の間から早道《はやみち》（小銭入れ）を抜き取り、

穴明き銭（四文）を七枚摘《つま》み出す。

「およしちゃん、毎日坂本町《さかもとちょう》から通って来るのは大変だろ？　あたしゃ、おまえさんが所帯を持ったらここを辞《や》めちまうんじゃないかと思ってたんだよ」

およしは照れたように面伏《おもふ》せた。

おたみが慌てて割って入る。

「それがね、現在《いま》およしが辞めたら猫字屋が困るだろうから、通える間は通っておあげって、藤吉《とうきち》さんがそう言ってくれてさ……。お陰でうちは大助かりですよ。とはいえ、およしは紅藤《べにふじ》の内儀……。それで七ッ（午後四時）には見世を上がらせているんですけどね」

「けど、それじゃ、帰ってからが大変だろうに……。夕餉《ゆうげ》の仕度《したく》やら何やら、女ごの仕事には際限《さいげん》がないからさ」

「それがさ、紅藤にはお端女《はした》が何人もいてね。家内のことは何もかもお端女がやってくれるものだから、この娘《こ》はちょいと手伝うくらいで、要は、藤吉さんが夕餉を摂《と》るときに傍《そば》にいればいいってことでさ」

おたみがねっとおよしの顔を覗《のぞ》き込む。

「おやまっ、ご馳走《ちそう》さま！　それだけ亭主に惚《ほ》れられるとは、およしちゃんは果報者《かほうもの》だよ！　じゃ、おさらばえ」

お蓮はちょいと科《しな》を作ると、待合の男衆《おとこし》に会釈《えしやく》して帰って行った。

「およしが祝言《しゆうげん》を挙《あ》げて一月《ひとつき》とちょっとか……。道理で、すっかり女ごの色香《いろか》が出てきたもんな。俺も紅藤の旦那がおよしにぞっこんだと聞いたぜ。なんでも、死んだかみさんにおよしが瓜割四郎《うりわりしろう》（そっくり）なんだって？　坂本町に見世を構えるまでは、それこそ、かみさんと二人して夜の目も寝ずに働き、やっと見世が持てたかと思うと、お産が原因《もと》でかみさんと赤児《やや》を同時に失ったというのだから、堪《たま》んねえよな……。旦那は妻子を失った後、生涯《しようげえ》独り身を徹《とお》すつもりだったというじゃねえか。ところが、死んだかみさんを彷彿《ほうふつ》とさせるおよしに出逢《であ》っちまった……。あの旦那、およしをひと目見た瞬間、この女ごを娶《めと》れと神の啓示《けいじ》を受けたとか……。あたしはその話を聞いて、胸が詰まされる想いがしてね。あたしも女房を亡くした男だが、あたしにはおゆきがいた……。おゆきの中に死んだおかねの面影《おもかげ》を見出すことが出来たが、紅藤の旦那には誰もいねえ……。そんな男がおよしの中に死んだかみさんの面差《おもざ》しを見出したんだ、何がなんでもこの女ごを幸せにしてやろうと思ったところで不思議はねえからよ」

竹蔵がしみじみとした口調で呟《つぶや》く。

「あたしもさァ、藤吉さんの気持が痛いほどに解るんだけど、正な話、ちょいとばかし懸念《けねん》してたんですよ。というのも、亡くなった内儀の身代わりというのでは、およしがあまりにも可哀相《かわいそう》ではありませんか。姿形が似ていても、中身は違うんだからさ……。それなのに、何かにつけて比較されたのでは堪ったものじゃありませんからね」

おたみがそう言うと、およしが慌てて弁解する。

「おっかさん、止《よ》してよ！　うちの男《ひと》はそんなんじゃないんだから……」

「解ってるってば！　今、それを言おうとしたんだからさ。いえね、この娘《こ》が言おうとしたのは、藤吉さんがおよしを先妻の身代わりにしたのじゃなくて、およしを一人の女ごとして見てくれ、女房として必要としてくれているということでさ……。だから、あたしも現在《いま》では心《しん》から安堵《あんど》してるんじゃないか」

「まっ、なんにしたって良かったじゃねえか。およしの口から、うちの男《ひと》って言葉が出たんだからさ。女ごが亭主のことをなんら抵抗もなく、うちの男《ひと》、と呼べるようになって初めて、本物の夫婦《めおと》といえるのだからよ。その点、うちのおゆきなんて、相も変わらず、喜三次《きさんじ》のことをさん付けで呼びやがる……」

竹蔵がわざと唇をへの字に曲げてみせる。

「あら、おゆきちゃんが？　けど、それは言い慣《な》れているからではないですか。だって、おゆきちゃんは十七のときから書役《かきやく》さんのことをずっとそんなふうに呼んできたんだもの、夫婦《めおと》になったからって、そうそう変えられるものではないですよ。その点、およしなんて、藤吉さんに出逢ってまだ間がないんだもの……。寧《むし》ろ、名前で呼べというほうが難《むずか》しいくらいでさ。女ごが変わるのは女房になったときより、おっかさんになったとき……。ねっ、竹さん、愉《たの》しみじゃないか！」

「愉しみって……。おゆきが赤児《やや》を産むってことかえ？　おいおい、気の早《はえ》ことを……」

竹蔵が挙措《きよそ》を失う。

が、その顔は傍《はた》の者が照れ臭くなるほど、脂下《やにさ》がっていた。

「けど、さすがは魚竹の祝言だけあって、盛大だったよね？　何しろ、七夕明《たなばた》けから三回に分けて披露宴《ひろうえん》が行われたんだからさ」

「それに、おゆきちゃんの綺麗《きれい》だったこと！　三三九度の白無垢《しろむく》からお色直しの金襴《きんらん》緞子《どんす》の振袖《ふりそで》まで、あれって、京からわざわざ取り寄せたんだってね？」

「そりゃそうさ。なんといっても、おゆきちゃんは魚竹の一人娘だ！　竹さんにしてみれば一世一代の晴れ舞台だもの、金に糸目をつけないつもりだったんだよ！　けど、書役さんのあの鯱張《しゃちこば》った顔！　今思いだしても噴《ふ》き出しそうになるよ。なんだか場違いなところに無理矢理連れて来られたって顔をしちゃってさ」

おたみとおよしが顔を見合わせ、ぷっと噴き出す。

竹蔵が帰った後、現在《いま》、おたみが髭《ひげ》を当たっているのは菱川瑞泉で、およしは煙草屋のご隠居である。

瑞泉の要望は、現在《いま》ではもうあまり流行《はや》らなくなった辰松風《たつまつふう》で、禿頭《はげあたま》の煙草屋のご隠居は顔を当たるだけなのだが、それなら家で誰かに当たらせればよいものを、こうして毎日のように猫字屋にやって来るのだった。

「魚竹というのは、あの魚河岸の？」

瑞泉が鏡越しにおたみに訊ねる。

「ええ、ご存知で？」

「それは知っているさ。仲買の中でも、魚竹は一頭地《いっとうち》を抜いてるからね。そうか、娘を嫁に出したのか……」

「いえ、婿《むこ》を取ったんですよ。それも、照降町自身番の書役さんをね」

「しかも、この男、元お武家だというんだから、魚竹も箔《はく》がついたのなんのって……」

煙草屋のご隠居が心ありげに片目を瞑《つぶ》ってみせる。

「ほう、元お武家とな……。そんな男が何ゆえ自身番の書役に……」

瑞泉が訝《いぶか》しそうな顔をすると、待っていましたとばかりに、待合から太作が槍《やり》を入れてくる。

「これがちょいと理由《わけ》ありでよ！　書役さんの国許《くにもと》ってェのが瀬戸内でよ。百五十石の祐筆頭《ゆうひつがしら》の次男坊に生まれたそうなんだが、親父《おやじ》さんが下城途中で狼藉者《ろうぜきもの》に斬殺《ざんさつ》されたそうでよ。ところが、皮肉なことに、この狼藉者というのが書役さんの竹馬《ちくば》の友ときた……。しかも、そいつの妹に書役さんがほの字だったというんだな」

「太作、おめえ、やけに詳《くわ》しいじゃねえか。一体《いってえ》、誰に聞いたんだよ」

「誰だっていいだろうが！　俺ャ、自慢じゃねえが、地獄耳《じごくみみ》だからよ。竜、この藤四郎《とうしろう》が！　話の腰を折るもんじゃねえや！　おっ、俺ャ、どこまで話したんだっけ……。あっ、そうか、書役さんが妹にほの字だったってところだったよな……。ところがよ、いくら相惚《あいぼ》れであろうと、書役さんとその女ごは駆け落ちでもしねえ限り、生涯添《しょうげえそ》うことは出来ねえ……。だってそうだろう？　書役さんは武家の次男坊だから、いずれどこかに養子に入《へえ》らなきゃなんねえし、その女ごには兄貴がいて、嫁に出なくちゃなんねえ……。要するに、叶《かな》わぬ鯉《こい》の滝登りってなもんで、そうなりゃ、余計こそ恋心が募《つの》るわな？　てなわけで、そんなふうに互《てげ》ェに悶々《もんもん》としているところに、女ごの兄貴が何を血迷ったのか書役さんの親父に闇討《やみうち》をかけた……。何故そんなことになったのかまでは俺ャ知らねえが、武家ってェのは俺たち庶民にゃ解らねえことだらけでよ。書役さんにしてみれば、青天の霹靂《へきれき》だ……。なんせ、水魚《すいぎょ》の交《まじ》わりをした男でもあり、恋しい女ごの兄貴でもある男が、突然、親の仇《かたき》となったわけだからよ。当然、武家として仇討《あだうち》をしなくちゃなんねえ。けどよ、その男を討《う》ち果たしたときの書役さんの気持を考えてみな？　無事に本懐《ほんかい》を遂《と》げたといっても、心の中は真っ暗闇《くらやみ》だ……。国許に居たたまれなくなって当然だろう？」

「それで、武家の身分を捨てて江戸に出たというのかよ？　エエッ、本当なのかよ……。おたみさんよォ、おめえ、この話を知ってたのかよ？」

竜次がおたみに大声で訊ねる。

「まあね……。あたしはそこまで詳しくは知らないが、それらしきことは竹さんから聞いてたんでね」

「じゃ、知らなかったのは俺だけかよ……。太作が知っていて、なんで俺が知らねえ……」

竜次が不服そうに唇を尖《とが》らせる。

「竜次だけではありませんよ。あたしも知りませんでしたからね」

煙草屋のご隠居が言うと、翁屋のご隠居も相槌《あいづち》を打つ。

「あたしも知りませんでしたよ。それで、書役さんの思い人だったその女ごはどうなったのですか？　理由はどうあれ、恋しい男に兄貴を殺されたわけですからね」

全員の目が太作に注《そそ》がれる。

太作は狼狽《うろた》え、しどろもどろ……。

「そこまでは俺も……」

「なんでェ、知らねえのかよ！」

「肝心《かんじん》なところを聞き漏《も》らしてくるようでは、地獄耳とはいえませんな」

「まったくです」

竜次やご隠居たちに問い詰められ、太作は潮垂《しおた》れた。

「皆、太作を責めたって仕方がないじゃないか！　恐らく、その女ごとのことは書役さんの心に拭《ぬぐ》いきれない疵《きず》となって残ったんだろうしさ。それで、竹さんも書役さんの心の中には踏み入らないようにしていたみたいだよ。けどさ、国許の兄さんが亡くなったと知らせが入り、書役さんが墓詣《はかまい》りに戻ったことがあっただろ？　あの後なんだよ、書役さんがおゆきちゃんと所帯を持つと腹を決めたのは……。あたしが思うに、あの帰省が契機《きっかけ》となり、書役さんの胸で永《なが》いこと蟠《わだかま》ってきたものに区切りがついたというか、霧が晴れた……。それでいいじゃないか！　これでやっと、書役さんは身も心も市井《しせい》の人となれたんだもの……」

おたみが仕こなし顔に皆を見廻《まわ》す。

それ以上、詮索《せんさく》するなと言う意味なのであろう。

「成程ね。では、その書役さんが、いや待てよ。皆さん、書役さん、書役さんと言っていますが、名前は？」

瑞泉がおたみを振り返る。

「あら嫌《いや》だ。あたしたち、いつも書役さんで徹しているもんだから、つい……。いえね、喜三次というんですよ。けど、それは書役さんが武家を捨ててからの名でしてね。何を隠そう、おゆきちゃんが付けたんですよ。元の名は生田三喜之輔《いくたみきのすけ》という舌を嚙《か》みそうな名で、三喜之輔の三と喜を逆《さか》さにして、それで喜三次……」

瑞泉がふふっと肩を揺《ゆ》らす。

「こりゃ猫じゃから、猫字屋と名づけたみたいに？　成程、いかにも照降町らしいや」

「いかにも照降町らしいとは？」

「いや、風刺《ふうし》が利《き》いて滑稽《こっけい》で、それでいて乙粋《おついき》……。いやァ、あたしは皆さんのお仲間に入れてもらえて光栄ですよ！　いや待てよ。あたしが言いたかったのはそんなことではなく、喜三次さんが魚竹の跡《あと》を継《つ》ぐことになるのかということでしてね」

「いえね、ほら、竹蔵さんも現在《いま》はまだあんなに息災《そくさい》でしょう？　書役さんもまだ暫《しばら》くは自身番の仕事をしたいというものだから、当面は書役の仕事を続けることになってるんですよ。まっ、いずれは魚竹の主人《あるじ》になるんだろうが、おゆきちゃんていうのがこれがしっかり者でしてね。およしと同い歳《どし》なんだけど、十五も歳上の書役さんを尻《しり》に敷《し》いてるってんだから、すえ頼もしい限りですよ！　家内なんて女房が亭主《ひと》を尻に敷いているくらいで甘《うま》く廻るんですからね。それに、書役さんは懐の深い男だから、女房の尻に敷かれる振りをしていても、陰でおゆきちゃんを温かく包み込み、支えているんですよ。そんなわけで、まっ、魚竹は今後も安泰ってもんですよ！」

　瑞泉の辰松風が結い上がる。

「おお、おまえさん、男っぷりが一段と上がりましたよ。おまえさんみたいに地毛《じげ》がたっぷりとしていると、辰松風もぐっと活《い》きてくるってもんだ！　当世、二つ折りが流行っているが、ごらんよ、辰松風はなんて粋なんだえ……。人形遣い辰松八郎兵衛《はちろべえ》を彷彿《ほうふつ》とさせますな。この髪型はおまえさんのような下絵師にはぴったりですよ！」

煙草屋のご隠居が惚《ほ》れ惚《ぼ》れとしたように、瑞泉を見上げる。

「あたしなんぞ、毎日髪結床に顔を出していますが、髭《ひげ》を剃《そ》ることしかできませんからね……」

ご隠居はそう言うと、つるりと禿《は》げ上がった頭を撫《な》でた。

「それでも髷を結ったのと同額とはこれいかに！」

太作がすっとぼけた声で茶を入れる。

結床を掃《は》いていたおけいが、きっと太作を睨《にら》みつけた。

「うちが強欲《ごうよく》だなんて思わないでおくれ！　ご隠居さんにはいつも半額でいいと言っているのに、それじゃ気を兼ねて猫字屋に顔が出せない、余分だと思うのなら、太作や竜の小中飯《こじゆうはん》（おやつ）の足《た》しにしておくれ、と厚意で下さってるんじゃないか！　そのお零《こぼ》れに与《あずか》っているのは誰なんだよ」

「おけいちゃんの言うとおりです。あたしは髪結代二十八文のところを半額に負けてもらったって嬉《うれ》しかァありません。そんなことをしてもらったのでは、自分に毛のないことを余計こそ嘆《なげ》かなければなりませんからね。太作も惚《とぼ》けたことを言うものではありません！」

煙草屋のご隠居に諫《いさ》められ、太作はへへっとバツが悪そうに肩を竦めた。

「申し訳ありませんね、騒々《そうぞう》しくて……」

おたみが鏡の中の瑞泉に目弾《めはじき》をする。

「なに、髪結床なんてどこもこんなもんですよ。ここは謂《い》わば町の溜《た》まり場……。町内のことを知りたければ、まずは髪結床へ行けと言われるほどですからな。髪結床が水を打ったみたいにしんと鎮《しず》まってごらんなさい。気色悪くて、早々に退散したくなってしまいますよ」

「けど、おたみさんに言わせりゃ、俺たちみてェに長っ尻《ちり》も考えものだってよ！」

太作は懲《こ》りるということを知らないとみえ、またもやひょっくら返す。

「おや、解ってるじゃないか……。ああ、そのとおりだよ！　考えてもみな。おまえ、今日はもう二刻《ふたとき》（四時間）もそこにへばりついてんだよ」

「アチャ！」

藪蛇《やぶへび》をつついてしまい、太作がぺろりと舌を出す。

「さっ、あたしは終わりましたよ。太作、竜、おまえたちはどうするのですか？」

煙草屋のご隠居が立ち上がり、おけいに十文銭を五枚握らせる。

「えっ、こんなに？」

「いいんだよ。皆の小中飯に取っておきな」

ご隠居はそう言うと、太作と竜次を睨《ね》めつけた。

太作と竜次が蛇《へび》に睨まれた蛙《かえる》のように縮《ちぢ》こまる。

「俺ャ、今日は止《よ》しとくぜ」

「俺も夕《ゆん》べ飲み過ぎたもんだから、すかぴんで……」

「なんだろうね、この二人は……。用もないのにのんべんだらりと待合に居座り、大きな口を叩《たた》いて、ただ茶や小中飯を食らうんだからよ！　いえ、悪いとは言っていませんよ。けど、それなら少しは気を兼ねるということを知っちゃどうだえ？」

「はいはい、ご隠居、もうそのくらいで……。次は、あたしがおよしちゃんに丁髷《ちょんまげ》を結ってもらいますから、それでいいでしょう？」

翁屋のご隠居が割って入る。

あらっと、およしがおたみを窺う。

「おや、もうそんな時刻かえ？　ああ、おまえはもう帰るといいよ。ご隠居さん済みませんね。およしをそろそろ帰さなきゃならないんですよ。ご隠居さんの髷はおけいに結わせますんで、それで宜《よろ》しいかしら？」

翁屋のご隠居が愛想《あいそ》のよい笑《え》みを返す。

「勿論、それでいいですよ。およし、気をつけて帰るんですよ」

およしは気を兼ねたように腰を折ると、前垂《まえだ》れを外《はず》し、厨《くりや》のほうに入って行った。


翁屋のご隠居が鏡の前に坐《すわ》る。

「では、おけい、頼みましたよ」

「はい」

「おまえさんも此の中すっかり腕を上げたもんだから、あたしは安心して見ていられますよ。おたみさんも心強いことですな。およしを嫁に出しても、名草《なぐさ》の芽が息吹《いぶ》くようにおけいが成長してくれるのですからね」

「お陰さまで……。有難《ありがと》うございます。これも偏《ひとえ》に皆さまのお陰で、感謝していますのよ」

「これで佐吉に嫁が来ると、おたみさんはもう何も言うことがありませんな。それこそ、女髪結を嫁にすれば猫字屋はますます繁盛《はんじょう》ってなもんだが、そんな話はないのですか？」

翁屋のご隠居がおたみをちらと見る。

「あるわけねえだろ！　佐吉はついこの前《めえ》まで田口屋《たぐちや》の後添《のちぞ》いに片惚《かたぼ》れ……」

太作は尻馬《しりうま》に乗りかけ、あっと口を噤《つぐ》んだ。

廚でおよしが帰り仕度をしていることを思い出したようである。

おたみも慌てて廚を窺った。

だが、およしが義兄《あに》の佐吉を慕《した》っていたのは、紅藤藤吉の後添いに入る前のこと……。

およしの中で、佐吉への片恋に諦《あきら》めがついたからこそ、藤吉の元に嫁《とつ》ぐことに決めたのである。

だから、およしが佐吉への想いを引き摺《ず》っているわけがない……。

だって、あの娘《こ》は藤吉さんに慕われ、あんなにも幸せそうな顔をしているではないか。

廚の暖簾《のれん》を掻《か》き分け、およしが見世に出て来る。

「じゃ、おっかさん、また明日《あした》……」

「ああ、気をつけて帰るんだよ」

おたみはやれと息を吐いた。

2

その頃、猫字屋の斜交《はすか》いにある自身番では、大家の利兵衛《りへえ》、惣右衛門《そうえもん》に、書役の喜三次、店番《たなばん》の仙三《せんぞう》と寅蔵《とらぞう》の五人が額《ひたい》を集めていた。

堀江町の仁平店《にへいだな》から金貸しのおきんが姿を消して既に一廻りとなり、このまま放置していてよいものかどうかと話し合っていたのである。

「一日や二日というのなら誰も不審《ふしん》に思わねえが、一廻りとなるとよ……。それに、裏店《うらだな》の連中が言うには、あの婆《ばあ》さん、此の中、少しばかり耄碌《もうろく》してきたんじゃねえかと……」

仙三が眉根を寄せる。

「耄碌だって？　ヘン、天骨《てんこち》もねえ……。おきんはああ見えて、まだ四十九……。いや、待てよ、五十路《いそじ》になったばかりかな？」

寅蔵がそう言うと、喜三次が人別帳《にんべつちょう》をパラパラと捲《めく》り、五十です、と答える。

「少し早《はえ》ェ気がするが、惚《ぼ》けが出たって不思議はねえ歳ってことかよ」

「いや、寅蔵、それは並の人間に言えることですよ。あのおきんさんに限って、惚けが始まるなんてことが考えられますか？　他人《ひと》の顔さえ見れば盗人《ぬすっと》呼ばわりをし、金に関しては人一番知恵の廻る、あのおきんさんですよ」

大家の利兵衛が信じられないといった顔をする。

利兵衛が言うのも、道理ごもっとも……。

何しろ、金貸しおきんは切っても血が出ないと陰口を叩かれるほどの、胴欲婆《どうよくばばあ》なのである。

外見だけ見ると、乞食《こじき》仕立《じたて》の上総《かずさ》木綿《もめん》に紙衣《かみこ》の猿子《さるこ》を纏《まと》い、櫛目《くしめ》の通らない半白《はんぱく》のざんばら頭といった一見どこにでもいる老婆にしか見えないが、ところがどうして、これが一筋縄《ひとすじなわ》ではいかない爪長も爪長……。

しかも、おきんは金貸しといっても、烏金《からすがね》か百一文しか相手にしない。

烏金とは、今日借りて明日返す、つまり、夜が明けて烏が啼《な》けば必ず返さなければならないところからそう呼ばれ、百一文とは、朝百文を借りて夕方利息の一文をつけて返すところから百一文と呼ばれているのだが、魚や青物などの担い売りにはまことに以《もっ》て重宝《ちょうほう》な存在だった。

というのも、日なし貸しや天利《てんり》、大尽金《だいじんがね》には請合人《うけあいにん》や証文が要《い》るが、烏金や百一文にはその必要がない。

当然、踏み倒される可能性もあるわけだが、ここがおきんの凄《すご》いところである。

おきんは長屋の軒先に一日中でも坐り込み、金が取れるまで、盗人、金返せ、と辺り構わず喚《わめ》き散らす。

烏金や百一文を借りるのは大概が担い売りとあって、そんなことをされたのでは今後の商《あきな》いに障《さわ》りが出るので、借り手は何がなんでも返そうと懸命《けんめい》になり、そのため、これまで滅多《めった》に踏み倒されることはなかったという。

それほどおきんは金に執着《しゅうちゃく》し、金を笠《かさ》に着て、他人《ひと》に侮《あなど》られないように努《つと》めてきたのだった。

そう考えれば、利兵衛が言うように、あのおきんに限って耄碌という言葉は相応《ふさわ》しくない。

「では、一体、どこに行ってしまったのでしょうな」

もう一人の大家惣右衛門が、困《こう》じ果てたような顔をする。

「身寄りを訪ねて行ったとか……。いや、それはないな。確か、おきん婆さんに身寄りはないはず……。ねっ、そうでしたよね？」

喜三次が惣右衛門を見る。

惣右衛門は渋《しぶ》い顔をしてみせた。

「あたしが聞いた話では、おきんさんは気の毒な女《ひと》でね。痩世帯《やせじょたい》の長姉《ちょうし》に生まれたものだから、家族が口を漱《すす》ぐために水茶屋《みずぢゃや》奉公に出されましてね。そこで出逢った男に所帯を持とうと甘い言葉を囁《ささや》かれ、男に走ったはいいが、気づいたときには言いなり三宝《さんぽう》……。男の縦《ほしいまま》に春を鬻《ひさ》ぎ、落ちるところまで落ちたといいますからね。おまけに、誰の子か判《わか》らない子を孕《はら》むことになったばかりか身重の身でなおも客を取らされ、挙句《あげく》、生まれた子とはすぐに引き離されて、おきんさんはたった一度赤児《やや》に乳を含ませただけ……。あの女《ひと》が解放されたのは、その男がごろん坊に絡《から》まれ刺し殺されてからのこと……。それからですよ、おきんさんが変わったのは……。二度と男の言いなりにはならない、今後は自分のために金を稼《かせ》ぐのだ、と決めたおきんさんは再び元いた水茶屋に戻ると、それからは身を挺《てい》して金を稼ぎ、それを元手に何か小商《こあきな》いでもしようと思ったそうでしてね。金貸しをすることを思いついたのも、その頃のこと……。金は人を変えます。金さえあれば、これまで自分を蔑《さげす》んでいた者が掌《てのひら》を返したように畏怖《いふ》の目で見るようになり、それどころか崇《あが》められるようになったのですからね。それからのおきんさんは、ますます金がすべて……。肉親もいることはいるのでしょうが、これまで自分を頼ることしかしなかった肉親なんぞ、おきんさんは疾うの昔に縁を切っていますよ」

惣右衛門は蕗味噌《ふきみそ》を嘗《な》めたような顔をした。

「そうですか……。するてェと、一体どこに行ったのだろう。湯治《とうじ》にでも行ったのでしょうか？」

利兵衛が大真面目《おおまじめ》な顔で言うと、寅蔵がヘンと鼻で嗤う。

「てんごうを！　あの爪長婆《つめながばばあ》が金のかかる湯治なんぞに行くもんかよ」

「ごもっとも……」

惣右衛門も仕こなし振りに頷く。

「では、何か事件にでも巻き込まれたとか……」

喜三次が呟くと、全員がさっと色を失った。

「言えてます！　ねっ、惣右衛門さん、そう考えるのが筋ですよ」

利兵衛がひと膝《ひざ》前に躙《にじ》り寄る。

惣右衛門はうむっと腕を組んだ。

「おきんさんは小金を、いや、案外、小金とはいえないほど持っているかもしれない……。その金が狙《ねら》われたとすれば、おきんさんはもう……」

ハッと、惣右衛門が腕を解き、皆を見廻《まわ》す。

「殺《あや》められた……」

「そうでェ、それしか考えられねえ。第一《でえいち》、金を盗《と》られてたってだけなら、あの婆さんのことだ、大騒ぎをするに違《ちげ》ェねえからよ！」

「寅の言うとおりだぜ。一廻りも姿が見えないということは、それしか考えられませんからね。大家さん、やはり、銀造《ぎんぞう》親分に知らせやしょう。これまでは、あれでも何事もなかったかのような顔をしてひょっこり帰って来るかもしれないので、現在《いま》の段階で騒ぐのは止そうと言っていましたが、もう一廻りでやすからね。あらゆる可能性を疑ってかかるべきかと思いやすが……」

まったく以て、喜三次の取ってつけたような江戸弁には毎度辟易《へきえき》させられるが、当の喜三次は大真面目である。

「あたしもそう思いますよ。やはり、親分に報告したほうが……。が、待てよ。今頃になって報告したとあっては、何故もっと早く言わなかったのかと大目玉を食らうのが関の山……。くわばらくわばら……」

利兵衛が大仰《おおぎょう》に身震いしてみせる。

すると、計《はか》ったかのように、定廻《じょうまわ》り同心《どうしん》佐伯隼太《さえきはやた》の小者《こもの》を務《つと》める佐吉が、通りから自身番の中を覗き込んだ。

佐吉が喜三次たちの神妙《しんみょう》な面差しを見て、目をまじくじさせる。

「皆さん、こんな時分までお揃《そろ》いとは……。えっ、何かありやしたんで？」

佐吉はおたみと死んだ嘉平《かへい》の義理の息子で、現在《いま》は男神《おがみ》の親分と慕われた嘉平の跡を継ぐべく、廻り髪結の傍《かたわ》ら佐伯隼太の小者を務めている。

「おっ、いいところに来た！　ちょいとおまえさんにも力を貸してほしいのだが、まあ上がんなさい」

惣右衛門が手招きをする。

佐吉は怪訝《けげん》な顔をして、座敷に上がって来た。

「何か……」

「それがよ。ほれ、おまえさんも知っていると思うが、堀江町の仁平店に住んでいる金貸しのおきんさんのことなんだがよ。裏店の連中が言うには、此の中、姿を見かけていないそうなんですよ」

惣右衛門が苦虫《にがむし》を噛《か》み潰《つぶ》したような顔をする。

「此の中とは、いつ頃からのことで……」

佐吉が首を傾《かし》げる。

「下駄職人《げたしよくにん》の女房おいしが言うには、姿を見かけなくなって、もう一廻りになるというのよ……」

利兵衛が眉間《みけん》に皺《しわ》を寄せる。

「一廻り……。はて、四、五日前《めえ》だったか、浅草御門《あさくさごもん》を茅町《かやまち》のほうに向かって歩いて行く、おきんさんを見かけやしたが……」

「四、五日前《めえ》に？　じゃ、そこまでは生きてたってことか……」

寅蔵が腕を組む。

「ちょっと待って下さいよ！　そこまでは生きてたって……。えっ、じゃ、皆さんはおきん婆さんが誰かに殺されたと思ってるんでやすか？」

佐吉が呆然《ぼうぜん》と皆を見廻す。

「いや、それが判らないから、こうして雁首《がんくび》を揃えて知恵を出し合っているんですよ」

惣右衛門が慌てる。

「そのことを銀造親分には？」

「いや、拗《す》ね者のあの婆さんのことだからよ。何を考えているのか判らねえ……。ただ気紛《きまぐ》れに姿を消しているだけだとしたら、莫迦を見るのは俺たちだからよ。それで、今暫く様子見と思ってたんだが、気紛れにしても一廻りとなると、親分に相談しねえわけにはいかねえからよ。今、そう話してたんだよ」

寅蔵が挙措を失い、なっ？　と皆を見廻す。

「そういうことなんだが、今、佐吉から四、五日前におきんさんを見かけたと聞き、またもやあたしは気持が揺らぎ始めましたよ」

惣右衛門が戸惑《とまど》ったような顔をする。

「何を悠長《ゆうちょう》に構えているのですか！　俺がおきん婆さんを見かけたのは、四、五日前《めえ》のこと……。現在《いま》も裏店に帰《けえ》っていないのなら、その後何かあったということではないですか！　一刻も早く、銀造親分に報告すべきですよ。なんなら、俺の口から佐伯さまに……」

佐吉がそう言うと、惣右衛門は狼狽《うろた》えた。

「いや、佐伯さまには現在《いま》はまだ……」

惣右衛門がしっと唇に手を当てる。

「解りやした。では、銀造親分のところにひとっ走りして来やしょう」

「いや、親分のところには仙三を走らせますので、おまえさんはひとまず猫字屋に帰って夕餉《ゆうげ》を済ませてきて下さい。おたみさんが首を長くして待っているでしょうからね」

「そうそう、書役さんも今日はこのくらいで……。所帯を持ったばかりというのに、いつまでも引き留《と》めてたんじゃ、おゆきちゃんが角《つの》を生《は》やしちまいますからね」

二人の大家が口々に言い、喜三次と佐吉は後ろ髪を引かれるような想いで、自身番を後にした。


喜三次と佐吉が表に出ると、通りに水を撒《ま》いていた木戸番の女房おすえが声をかけてきた。

「まったく、陽が翳《かげ》ってもこんなに暑くっちゃ茹《う》だっちまうよ！　書役さん、今お帰りで？」

「ああ、まだ帰《けえ》るわけにはいかねえというのに、大家に追い立てられちまってよ」

「そりゃそうさ！　書役さんはなんといっても魚竹の跡継《あとつぎ》なんだからさ。いつまでも引き留めてたんじゃ、おゆきちゃんに大目玉を食らっちまう……。佐吉さんも今宵《こよい》はもう上がりかえ？」

「いや、晩飯を食ったら、また自身番に顔を出さなきゃなんねえのよ」

「おや、何かありましたか？」

佐吉と喜三次が顔を見合わせる。

そして同時に、二人は口を揃え、いや、何も……、と木で鼻を括《くく》ったような答えを返した。

おすえが仕こなし顔に頰を弛める。

「訊いたあたしが野暮だった！　何かあったところで、おまえさんたちがぺらぺら喋《しゃべ》るわけにはいかないのにさァ」

さすがはおすえ、伊達《だて》に木戸番の女房を永年《ながねん》務めているわけではない。

木戸を挟《はさ》んで向かい合わせに自身番と木戸番小屋があり、木戸番は明け六ッ（午前六時）と亥《い》の刻（四ッ、午後十時）の木戸の開閉の他、町内触れ、夜廻りを務めとするが、町から支給される手当だけでは立行《たちいき》していけない。

それで、大概、木戸番の女房が草鞋《わらじ》や菅笠《すげがさ》、塵紙《ちりがみ》、糸、飴玉《あめだま》、玩具《おもちゃ》といったものを店先で売り、冬場はもっぱら焼芋《やきいも》でなんとか立行しているのだった。

そのため、彼らは自身番の動きが手に取るように判る。

が、判っていても頼まれない限り口を挟むことはなく、それも番太郎《ばんたろう》（木戸番）の重要な役目なのだった。

それゆえ、おすえもお手のもの、酸《す》いも甘いも知っている。

「佐吉さんもご苦労だね。まっ、若いんだから、せいぜいきばっておくれ！」

おすえは仏性《ほとけしょう》の顔に笑みを貼《は》りつけ、二人を見送った。

佐吉はちょいと会釈をすると、木戸番小屋の隣、猫字屋の油障子を潜《くぐ》った。

猫字屋は丁度最後の客が帰ったばかりのところで、結床を片づけていたおたみが声をかけてくる。

「お帰り！　疲れただろう？　今、おけいが夕餉の仕度をしてるからさ。さっ、早く手を洗ってきな」

「ああ、済まねえが、急いでくんな」

えっと、おたみが訝しそうな顔をする。

「また、どこかに行くのかえ？」

「ああ、ちょいと向かいにな」

「向かいって、自身番に？　じゃ、まだお務めの途中なのかえ。そりゃ大変だ！　おけい、あんちゃんに早く夜食を食べさせてやんな！」

おたみが廚《くりや》に向かって大声を上げる。

「おっかさん、いいよ。俺が居間に行くから……」

佐吉が奥の居間に入って行く。

居間には既に箱膳《はこぜん》が用意され、小鰯《こいわし》の梅煮《うめに》と切り干し大根と油揚《あぶらあげ》の煮付《につけ》、佃煮《つくだに》が載《の》っていた。

厨のほうからおけいが味噌汁《みそしる》の鍋《なべ》を運んで来る。

佐吉の後から居間に入って来たおたみが、お櫃《ひつ》にかけた布巾《ふきん》を取ると、茶椀《ちゃわん》に飯を装《よそ》う。

「小鰯の梅煮と切り干し大根はおすえさんからのお裾分《すそわ》けだよ。ねえちゃんがお嫁に行ってから、夕方はおっかさんとあたしの二人だろう？　以前のように夕餉の仕度をする暇がないもんだから、ホント、助かっちゃう！」

おけいが味噌汁を装いながら言う。

「おすえ様々《さまさま》だよね！　あの女《ひと》、うちが人手不足なのを知って、こうして助《す》けてくれるんだもんね。口ではどうせ亭主のために作るんだ、こうして皆が悦《よろこ》んでくれると思うと作り甲斐《がい》があるよって、けろりとした顔で言ってるけど、そうはいっても毎日だもんね……。なかなか出来ることじゃないよ。さっ、食べようか？」

おたみが箸《はし》を取る。

佐吉の胸がちかりと疼《うず》いた。

そうと知っていれば、礼のひとつも言っておくのだったと思うが、もう遅い。

それどころか、おすえの問いかけに木で鼻を括ったように答えてしまったのである。

「ねえちゃんち、今宵のお菜《さい》はなんだろうね？」

おけいが味噌汁を啜《すす》りながら言う。

「莫迦だね、この娘《こ》は……。余所《よそ》んちのお菜を気にしてどうすんのさ！」

「あら、余所んちじゃないよ。ねえちゃんがお嫁に行ったんだから、紅藤は親戚《しんせき》じゃないか！　きっと、ご馳走なんだろうね。だって、お端女が何人もいるっていうんだもの、今頃、こんな小鰯じゃなくて、鯛《たい》の刺身《さしみ》でも食べてるんだよ」

「おけい、てんごうを言うのも大概におし！　それより、おまえ、菱川さんの依頼をどうするつもりなのかえ？」

「えぇ……。あたしに絵姿《えすがた》をしてくれってこと？　嫌だよ、そんなもの……」

絵姿という言葉に、佐吉の箸がぎくりと止まる。

「絵姿って……。菱川って誰でェ」

「ああ、佐吉はまだ知らなかったんだね。いえね、今日猫字屋に来た初顔なんだけどさ、なんでも一廻りほど前に小網町一丁目の時雨店に越して来たそうでね。それが、下絵師なんだってさ。菱川……、なんてったっけ？」

「瑞泉だよ。菱川瑞泉」

「菱川瑞泉？　聞かねえ名だな」

「本人も言ってたけど、まだそんなに名が売れていないんだってさ。元は深川の芸者置屋の息子だけど、綺麗《きれい》どころを毎日目にしているうちに、女ごの艶《あで》やか姿を描《えが》きたくなって、それで絵師になったんだって……。菱川と雅号をつけたのも、菱川師宣に憧《あこが》れていたからだって……」

佐吉が不快そうに眉根を寄せる。

「けど、その菱川 某《なにがし》がなんでまたおけいを絵姿に使いたいって……。おけいは艶やかとはかけ離れた、凡々《ぼんぼん》とした女ごなんだぜ」

おけいがぷっと頬を膨《ふく》らませる。

「艶やかとかけ離れていて悪うござんしたね！」

おたみはやれと苦笑した。

「いえね、菱川さんが言われるには、おけいのようにどこにでもいる町娘を描いてみたいんだとさ。要は、綺麗どころには食傷気味《しょくしょうぎみ》ってことなんだろうが、町娘は町娘でも、働く女ごの絵姿をということでさ……。あたしは悪い話じゃないと思うんだが、佐吉、おまえはどう思う？」

おたみが佐吉に目を据《す》える。

「俺は反対だな！　いや、絵姿になるのが悪いと言ってるんじゃねえんだ。俺が言いてェのは、一廻りほど前にふらりと小網町に越してきたばかりの男が言うことを真《ま》に受けていいのかどうかということでよ。おっかさん、その男のことをどこまで知ってるんだよ」

「……」

佐吉に突っ込まれ、おたみはとほんとした。

「どこまで知っているかと言われても、さっき、おけいが話したことくらいしか知らないんだよ」

佐吉が呆《あき》れ返った顔をする。

「呆れ返ってものも言えねえや！　おっかさん、おけい、よく聞けや。絵師と言っても江戸にはピンからキリまでいるんだ。自称絵師と名乗り、描いてやったのだから手間賃をくれと集《たか》り紛《まが》いなことをする、似非《えせ》絵師、でも絵師がいるんだからよ」

「似非絵師……」

「でも絵師って、でも医者と同じように、へぼ絵描きってこと？」

「鶴亀鶴亀《つるかめつるかめ》……」

おたみが大仰に首を振り、呪文《じゅもん》を唱《とな》える。

「ほら、だから、あたしは嫌だと言ったんだよ！ 第一、あたしは浮世絵に描かれるような美印《びじるし》（美人）じゃないし、それに、本気であたしを描こうと思うのなら、もっとあたしのことを観察してもよいものを、髪結代を払う段になって初めて気づいたみたいな顔をして、上から下まで睨め下ろしたんだからね！」

おけいが不服そうに唇を尖らせる。

「そう言ャ、そうだったね。こんな娘を描いてみたかったんだ、地娘《じむすめ》の雰囲気が実によく出ているなんて言うもんだから、太作や竜次の猪牙助《ちょきすけ》が、おけい、良かったじゃねえか、これでおめえも江戸百人美人図の仲間入りだ、とひょっくら返してさ……。それで、あたしもつい御神輿《みこし》を担《かつ》ぐことになっちまったんだが、とんだ猿利口《さるりこう》だったね。ごめんよ、おけい。おっかさんを許しておくれ……」

おたみが気を兼ねたように、おけいを窺う。

「もういいよ、そんなこと……。あたしは端《はな》から受ける気がなかったんだからさ」

「おう、おけい、気にすんなよ。往々《おうおう》にして、絵姿をした女ごなんてろくな末路《まつろ》を辿《たど》らねえ……。ちやほやされて、てめえを見失っちまうんだろうが、俺ャ、おけいには地道な身の有りつきをしてほしいと思ってよ」

佐吉がおけいに目まじする。

「解ってるさ！」

おけいは肩を竦めると、小鰯の梅煮を口に運んだ。

「美味《おい》しい！　やっぱ、おすえさんの梅煮はひと味違うね。あたしが作ってもこうはいかないからさ」

佐吉は飯椀に味噌汁をぶっかけると、ズズッと掻き込んだ。

そうして、ほっと息を吐くと、飯椀を膳に戻す。

「やべェ……。すっかり遅くなっちまったぜ。じゃ、行ってくらァ！」

「遅くなるのかえ？」

「そんなの判るもんか。俺のことは待たなくていいから、おっかさんもおけいも先に休んでくんな」

佐吉はそう言うと、腰帯に十手《じって》を差し込み、足音も高く見世のほうに姿を消した。

佐吉が佐伯隼太の小者を務めるようになって、四年……。

この頃うち、すっかり十手持ちらしくなったばかりか、どこかしら嘉平の若かりし頃に似てきたように思う。

おかしなことよ、血が繋《つな》がっていないというのに……。

そうは思うが、おたみの目には、嘉平が二十歳も若くなって戻って来てくれたように映《うつ》るのだった。

血は繋がっていなくても、佐吉もおよしもおけいも、あの男《ひと》とあたしの子供……。

おたみはふっと微笑《ほほえ》むと、茶椀《ちゃわん》に残った飯を掻き込んだ。


堀江町仁平店の住人は夕餉もそこそこに、通路や井戸端に縁台《えんだい》を持ち出し、団扇《うちわ》を片手に端居《はしい》をしていた。

聞き込みには、まことに以て都合がよい。

銀造親分に下っ引きの松助《まつすけ》と文治《ぶんじ》、それに佐吉も加わり、裏店の住人に不審なことはなかったか訊《たず》ねて廻る。

「では、おきんの姿が見えねえと気づいたのは五日前《めえ》だというんだな？　妙じゃねえか……。おめえ、この一廻り、おきんの姿を見なかったと言ったばかりだぜ！」

銀造が下駄職人の女房おいしをじろりと睨めつける。

「いえね、そういえば、おきん婆さんの姿を見かけないなって気になったのが五日前のことで、そのときそう思ったってことは、その一日か二日前から姿を見ていないということになるでしょう？　それで、怪訝に思い、誰かおきん婆さんを見掛けた者はいないかえって、皆に訊ねたんですよ。ねっ、お高《たか》さん、そうだよね？」

「ああ、そうだよ」

油売りの女房お高が相槌《あいづち》を打つと、周囲《まわり》にいた男衆《おとこし》が一斉に頷いた。

「それぱかりじゃねえぜ。烏金や百一文を借りに来た男どもが、腰高障子の外から声をかけても返事がねえと騒ぐもんだから、俺ャ、構やしねえ、勝手に戸を開けて中に入《へえ》ってみなと言ってやったんだよ。鍵《かぎ》？　鍵なんてかけちゃいねえさ。あの婆さん、家の中には金目《かねめ》のものを置いちゃいねえからよ。ほれ、いつも三味《しゃみ》線箱《せんばこ》を抱えて歩いてるだろ？　箱の中には三味線なんて入《へえ》っちゃいねえ……。金を入れて、ああしていつも大事《でえじ》そうに持ち歩いてるのさ。婆さんが出歩くのは昼間だけだからよ。恐らく、真っ昼間なら、人目《ひとめ》に立つんで盗人も手が出せねえと読んでるんだろうさ。けど、夜分はしっかと中から心張棒《しんばりぼう》をかけてるぜ。大事《でえじ》な大事《でえじ》な三味線箱を盗られちゃなんねえからよ」

おいしの亭主が訳知り顔に言うと、銀造は気を苛ったようにどしめいた。

「おめえの長広舌《ちょうこうぜつ》にはうんざりだ！　金を借りに来た男が勝手に部屋の中に入《へえ》って、それからどうしたのか早く言いな！」

へへっとおいしの亭主が首を竦める。

「婆さんもいねえし、勿論、三味線箱もねえ……。つまりよ、蛻《もぬけ》の殻《から》ってことでよ」

「それを早く言いなよ！　じゃ、それっきり姿を見ていねえというんだな？」

「おきん婆さんが行きそうなところに心当たりはねえのかよ」

佐吉がじろりと皆を見廻す。

「あるわけねえだろ！　あの爪長な業突《ごうつく》く婆《ばばあ》が誰と付き合い、どこに行くかなんてことを知ってるわけがねえし、知りたくもねえや！　正な話、いなくなってくれて、これで仁平店も風通しがよくなったとせいせいしているところでよ……。親分もあんな婆さんのことなんて、うっちゃっとけばいいんだよ！」

三十路半《なか》ばの男が憎体《にくてい》に言う。

「そりゃ、おまえはおきん婆さんに金を貸してくれと言って断られたもんだから、それで業腹《ごうはら》なんだろうさ！　けど、おきん婆さんの烏金を当てにしている担い売りのことを思ってみな？　あいつら、毎朝訪ねて来ては、おきん婆さんがまだ帰っていないと知り、がっくり肩を落として帰って行くんだよ。あいつらにとっては死活問題《しかつもんだい》だからね。ここで借りられなければ他を当たらなきゃなんないが、どこも新規の客にいい顔をしてくれないからさ。それで、見るに見かねて、あたしが自身番に届けたんだよ」

おいしはそう言うと、団扇でバシンと足首を叩いた。

風がないので軒下に吊《つる》した風鈴もひたと鳴りを潜《ひそ》め、蚊遣火《かやりび》の煙が渦《うず》を巻きながら上へと昇《のぼ》っていく。

「それにさ、いくら嫌《きら》われ者といったって、同じ裏店の住人じゃないか。姿が見えなくなれば、何かあったんだろうかどこに行ったのだろうか、と気を揉《も》んでやるのが人の情じゃないか……」

お高もおいしに口を揃え、三十路半ばの男を恨めしそうに睨めつける。

「おうおう、おめえら、そうやって御為《おため》ごかしをしてりゃいいだろ！　ヘン、やってられるかってんでェ……」

三十路半ばの男は浴衣《ゆかた》の袖《そで》を手繰《たぐ》り上げ、肩で風を切るようにして、腰高障子の中に入って行った。

が、それだけ肝《きも》が煎《い》れているというのに障子を閉めようとしないのは、部屋の中が噎《む》せ返るほどに暑いからに違いない。

「弱っちまったぜ……」

銀造は困じ果てたように天を仰《あお》いだ。

「こう手掛かりがねえんじゃ、捜すといっても捜しようがねえ」

「せめて、おきん婆さんが姿を消す前《めえ》に、何か普段と違ったことがあったというのならともかく……」

佐吉も苦々《にがにが》しそうな顔をする。

すると、おいしがあっと声を上げた。

全員の目がおいしに注がれる。

「何か……」

佐吉が傍に寄って行くと、おいしは上目に佐吉を窺った。

「いえね、今、おきんばあさんの姿が見えなくなる前に、何か変わったことがあったかと言われたでしょう？　それで思い出したんだけど、一廻りほど前に、おきん婆さんと年恰好《としかっこう》の似た婆さんが訪ねてきましてね。普段、おきん婆さんを訪ねてくるのは大概が男で、女ごが烏金を借りに来るなんてことはまずなかったからね。しかも、女ごといっても五十路過ぎの女ごなんて……。それで、てっきり、おきん婆さんの幼馴《おさな》染《じみ》かなんかだろうと思ったんですよ。さあ、半刻《はんとき》（一時間）ばかしはいたでしょうかね。あたしは井戸端で洗濯をしていたもんで、その女《ひと》が来たときも帰ったときも目にしてるんだけど、その女《ひと》が帰った後に妙なことがありましてね。なんと、おきん婆さんが塩壺《しおつぼ》を持って通路に出ると、鬼のような形相《ぎょうそう》をして塩を撒《ま》いたんですよ。あたし、驚いたのなんのって……。そりゃ、嫌な客が帰った後、あたしだって塩を撒いてやったことがありますよ。けど、あのおきん婆さんが撒くなんて……。だって、あの女《ひと》、言ってたんですよ。塩を撒くなんて莫迦者のすることだ、一握りの塩も銭に替えれば幾らになると思う、たった一握りと思うその気持がてめえの首を絞《し》めることになると気づかないなんてって……。ねっ、妙でしょ？　何があろうと塩を撒くのは莫迦者のすることだと言っていた、おきん婆さんが塩を撒くなんてさァ！　よっぽど腹に据えかねることがあったと思って当然じゃないですか……。今思えば、おきん婆さんの姿が消えたのは、その翌日のような……」

おいしが怖々《こわごわ》と銀造を窺う。

銀造はわざとらしく咳《しわぶき》を打った。

「おいしよォ、なんでそれを早く言わねえ」

「済んません。ころりと忘れちまったもんで……」

「で、その婆さんてェのは誰でェ……」

おいしが慌てて首を振る。

期待に逸《はや》った皆の心が、しゅるしゅると音を立てて萎《しぼ》んでいく。

「なんてこった！　これじゃ振り出しに戻ったようなもんでェ……」

「親分、そうはいっても、おきん婆さんが姿を消す前《めえ》に、五十路絡《がら》みの老婆に逢《あ》ったということだけは判ったんだ。これを一つの手掛かりと思わなくっちゃ……。まず、この線から洗うより仕方がありやせんぜ」

佐吉が慰《なぐさ》めるように言う。

「おめえの言うとおりでェ……。なんといっても、おきんが同年配の女ごを家に上げたんだからよ。となると、幼馴染か水茶屋で働いていた頃の知り人《びと》……。おっ、文治と松助はおきんが勤めていた下谷広小路《したやひろこうじ》の水茶屋蔦藤《つたふじ》を当たれ！　俺はおきんの幼馴染を探《さぐ》るために実家近辺を当たるんで、悪いが、佐吉は浅草田原町《あさくさたわらまち》の蛇骨長屋《じゃこつながや》を当たってくれ。おきんは蔦藤を出た後、そこで男に客を取らされていたというからよ」

「解りやした」

「とはいえ、佐吉には佐伯さまの御用があるだろうに、大丈夫《でえじょうぶ》かよ」

「大丈夫《でえじょうぶ》です。現在《いま》はさほど大きな御用を賜《たまわ》っているわけではありやせんので……」

「くれぐれも言っとくが、現在《いま》の段階では、佐伯さまには……」

「へっ、内密に……。承知してやす、安心して下せえ」

と、こんなふうに、仁平店で手掛かりが摑《つか》めたのか摑めなかったのか判らないまま、四人はひとまず家路に就《つ》くことにしたのだった。

3

おきんの消息は盂蘭盆会《うらぼんえ》を過ぎ、二十六夜《にいざよい》(七月二十六日)を迎える頃になっても判明しなかった。

ところが、あと二日で八朔《はっさく》(八月一日)というときになって、俄《にわか》に事態が急転したのである。

おきんが水茶屋蔦藤にいた頃付き合いのあった女ごを洗っていた文治と松助が、花《はな》川戸《かわど》で亭主と芋酒屋《いもざかや》をやっているおはつの言動がどうも怪《あや》しいと言ってきたのである。

「おきんが初めて蔦藤に上がった頃に付き合いのあった女ごと、一旦《いったん》蔦藤を辞めておきんが再びに戻ってきた頃に見世にいた女ごのすべてを当たりやした。ところが、なんせ何十年も前のことで、女ごの半分までが既に亡くなっていやしてね。が、幸い、蔦藤の御亭《ごてい》が息災だったので、当時の話を聞き出せやして……。御亭が言うには、おきんはおはつという女ごと格別親しくしていたようで、おきんが惣次《そうじ》という男に唆《そそのか》されて蛇骨長屋に移ってからも、時たま訪ねていたそうでやしてね。御亭が言うには、おはつは馴染《なじみ》の客と所帯を持ち、花川戸で亭主と二人して芋酒屋を開いてやしてね。それで、名うてのすけこましの惣次の手練手管《てれんてくだ》にまんまと騙《だま》され春を鬻がされていたおきんに、てめえの幸運をひけらかしたかったのだろうと……。俺もその話を聞いて、ちょいとばかし引っかかりやしてね。おはつがまともな女ごなら、抜き差しならなくなった女ごの前で、幸せになったてめえの姿を見せびらかそうとは思いやせんからね。ねっ、どこかしら、女ご同士のどろどろとした陰湿《いんしつ》なものを感じやせんか？　それで花川戸を訪ねてみたのですが、おはつという女ごはおきんとは正反対《せいへんてえ》な女ごで、これが人の善《よ》さそうな婆さんなんでやすよ。しかも、これまた亭主というのが五十路半ばの霜《しも》げた爺《じい》さんで、おきんの話をしても解っているのかいねえのか……。俺の第六感ってェのもここまで鈍《にぶ》っちまったのかと自信をなくしちまって……。けど、何故かしら妙なんですよ。二人とも大人しげに見えて、どこか落着かねえ……。惚《とぼ》けた受け答えをしているようで、時折、はっと視線を絡ませてみたり、やけに落着かねえのよ。

ところが、どこから見ても、この二人は人の善さそうな老夫婦だ。それで、やっぱ、俺の思い過ごしなのかと思い帰《けえ》って来たんだが、どうもこう、喉《のど》に小骨でも刺さったかのような感が拭《ぬぐ》えねえもんで……。ねっ、親分、どう思いやす？」

文治が探るような目で銀造を瞠《みつ》める。

「そうよのっ……。今聞いた話だけでは判断できかねるが、他に引っかかる女ごはいなかったんだな？　そうけえ。俺が当たったおきんの実家《さと》でも、手掛かりになるものは何一つ見当たらなかった。双親《ふたおや》はとっくの昔に死んでいるし、弟妹《きょうだい》も半分はもうこの世にいねえ……。第一《でえいち》、近所の者が言うには、おきんは蛇骨長屋で春を鬻ぐようになってからというもの、実家には一切《いっさい》寄りつかなくなったというのよ。で、佐吉、おめえのほうはどうだった？」

佐吉は渋顔《しぶがお》をして、首を振った。

「まったくといってよいほど、何も摑めやせんでした。というのも、蛇骨長屋は惣次が借りておきん婆さんに客を取らせていた場所で、出入りしていたのは行きずりの男ばかり……。女ごとの付き合いはなかったそうです」

「してみると、文治たちが調べて来た女ごの中で、どこかしら怪しげというのは、花川戸のおはつだけか……。ところが、おはつは仁平店には行ったことがねえというんだな?」

「仁平店どころか、おきんの名を出しても、誰のことだか判らねえって顔をしてやしたからね。それで、蔦藤にいた頃同じ釜《かま》の飯を食った女ごだというと、亭主のほうが思い出しやしてね。が、自分はあれからすぐにおはつと所帯を持ったので、その後、おきんがどうしたかなんて知らねえと……」

「それなのに、時折二人がハッと視線を絡ませたり、やけに落着かねえとはどういうことなのよ」

「でしょう? だから、俺も妙だと……。何か隠しているとは思いやせんか?」

文治が銀造を瞠める。

「いっそ、おいしに面通《めんとお》しをさせてはどうでやしょう」

佐吉がそう言うと、銀造がポンと膝《ひざ》を打つ。

「それよ! それしかねえ。おいしが見た婆さんがおはつでねえとすれば、まったくのシロ……。が、仮に、おはつだとしてみな? 何ゆえ仁平店に来なかったと嘘を吐く必要がある? 疚《やま》しいところがあるからってことになるじゃねえか! おっ、文治、松助、おめえら、もう一遍花川戸に引き返し、おはつをここに引っ立てて来な」

「けど、もう五ツ(午後八時)を廻ってやすが、これからですか?」

「構うもんか、思いたったが吉日だ。とっとと連れて来な！」

「亭主のほうはどうしやす？」

「連れて来るに決まってるだろうが！　おはつがこの件に関係しているとすれば、亭主が何も知らねえわけがねえ。良きにせよ悪《あ》しきにせよ、あの夫婦は一蓮托生《いちれんたくしょう》なのよ」

「では、俺も一緒に！」

「佐吉も？　じゃ、俺も行くとすっか……。すじりもじりと空惚《そらとぼ》けやがったら、この俺が睨みを利かせてやらなきゃなんねえからよ」

結句、こうして四人が雁首《がんくび》を揃えて花川戸の芋酒屋に駆けつけることになったのである。

が、四人があと四半刻《しはんとき》（三十分）も花川戸に着くのが遅れていたら、おはつ夫婦にまんまと逃げられてしまうところだったのである。

刻《とき》は五ツ半（午後九時）を少し廻った頃で、四人が駆けつけてみると、淡々《あわあわ》とした月明かりの中、芋酒屋の前で人影がかすかに動くのが目に留まった。

どうやら、荷車に荷を運び込もうとしているようである。

佐吉と下っ引き二人は脱兎《だっと》のごとく駆け出した。

「おはつ、亮吉《りょうきち》、おめえらどこに行く！」

二人はぎくりと身体を硬くした。

銀造が十手で肩をポンポンと叩《たた》きながら近寄って行く。

「この夜更《よふ》けに何を運ぶつもりかよ。ちょいと中を改めさせてもらおうか！」

老夫婦はあわあわと口を動かし、観念したように茶箱を下に下ろした。

「松助、蓋《ふた》を開けてみな」

銀造に言われ、松助と文治が二人がかりで蓋を開け、あっと声を上げた。

茶箱の中に、小柄なおきん婆さんが身体を折り曲げるようにして、詰められていたのである。

全身が泥《どろ》だらけなのは、今し方まで土の中に埋められていたからであろう。

つまり、文治たちに探りを入れられ危険を察した二人が、夜分のうちに遺体をどこか別の場所に移そうとしていたということ……。

おはつはその場に蹲《うずくま》ると、ワッと地面に突っ伏し肩を顫《ふる》わせた。

「おはつが悪いんじゃねえ……。俺が……、俺が……」

亮吉が肩を落とし、ぽつりと呟いた。

そこに、芋酒屋の中を改めていた佐吉が戻って来た。

「ありやしたぜ、三味線箱が」

佐吉が三味線箱を高々と掲《かか》げる。

「おきんが黙って金を貸してくれれば、こんなことには……」

「おまえさんが悪いんじゃない！　あたしが赤児《やや》のことで嘘を吐いたから、それで、おきんさんが意地になっちまったんだ……」

おはつは膝行《いざ》るようにして亮吉の傍に寄ると、その背を抱え込んだ。

二人が互いに庇《かば》うようにして、噎《むせ》び泣く。

「おう、もうそのくれェにしときな！　あとは番屋に帰《けえ》ってからだ。おっ、文治、松助、二人して荷車を牽《ひ》いてきな。俺と佐吉が二人をしょっ引くからよ」

銀造の掛け声で、おはつと亮吉に早縄《はやなわ》がかけられた。

月影の下《もと》、とぼとぼと銀造と佐吉にしょっ引かれていく、おはつと亮吉……。

結句、何かに突き動かされるように四人で駆けつけたのが功《こう》を奏《そう》したのであるが、佐吉は遣《や》り切れない想いに胸が一杯になった。

どんな事情があったのか判らないが、罪が露見《ろけん》したその後も、互いに庇い合おうとするおはつと亮吉……。

だが、罪は罪……。

つと、おきん婆さんの憎体《にくてい》な顔が眼窩《がんか》を過《よ》ぎった。

あたしが赤児《やや》のことで嘘を吐いたから……。

おはつが叫んだそのひと言に、恐らく、此度の真相が隠されているのだろう。

そう思うと、おきんが哀《あわ》れで堪らなかった。

この世に心《しん》からの悪人はいないのだ……。

皆、某かのそうせざるをえない理由を抱えていたのだと思うと、佐吉の胸はぎしぎしと揺さぶられるように痛むのだった。


おはつは節季《せっき》の支払いが手詰まりになり、二朱ばかし金を貸してくれないかと仁平店を訪ねたという。

「芋酒屋も此の中客の入りが悪くて……。それに、一月《ひとつき》ほど前に亭主が腰を痛めたもんだから、薬料《やくりょう》が溜《た》まったうえに一廻りほど見世を閉めることになり、二進《にっち》も三進《さっち》もいかなくなりましてね。そりゃね、今までだって、二季の折れ目に支払いに窮《きゅう》することはありました。けど、今回だけは切羽《せっぱ》詰《つ》まって……。それでなきゃ、おきんさんを頼ろうなんて思いません。蔦藤にいた頃は茶汲女《ちゃくみおんな》なんて皆おっつかっつな境遇《きょうぐう》でしたからね。それでなんとか庇い合って暮らしていましたが、あたしがうちの男《ひと》と所帯を持ち、おきんさんが惣次という男と運命を共にしたときから、二人の辿《たど》る道が大きく分かれちまって……。惣次って男は女心をそそる雛男《ひなおとこ》でしたけど、陰で紐《ひも》をやっていると噂《うわさ》を耳にしていたもんだから、あたし、あの女《ひと》に言ってやったんですよ。おまえがあの男に惹《ひ》かれているのは知っているけど、あの男だけは駄目だ、あんな男について行ったら泣きを見るのはおまえだからねって……。けど、あの女《ひと》、そんなあたしをせせら笑ったんですよ。あたしがどこにでもいそうな凡々としたうちの男《ひと》を選んだことを槍玉《やりだま》に挙《あ》げ、どうせおまえにはその程度の男しか言い寄ってこないんだよって莫迦にして、いっその腐《くさ》れ、どっちが幸せになれるか競《きそ》ってみようよって、そう言ったんですよ。ところが、あたしが危惧《きぐ》したことが現実となっちまった……。案じたとおり、惣次はとんだかませ者だったんですよ！　惣次について行ったおきんさんは、あの男の言いなり三宝……。蛇骨長屋にほぼ幽閉《ゆうへい》といった形で閉じ込められ、昼となく夜となく客を取らされたんですからね」

「けど、おめえはそんなおきんを蛇骨長屋に訪ねたんじゃねえのかよ」

銀造がおはつを睨めつける。

「ええ、訪ねました。あれほど忠告したのに、ざまァみろって気持があったのも事実です。いえ、おきんさんを憐《あわ》れむ気持がなかったと言えば嘘になります。けど、それより以上に、あたしはしがない芋酒屋の女房だけど、優《やさ》しい亭主と二人して毎日幸せに暮らしているんだよってところを見せつけてやりたかったんですよ。けど、おきんさんが誰の子か判らない子を身籠《みご》もり、赤児《やや》を産んだのはいいがすぐに引き離され、それからも客を取らされたと聞いて、あたしは自分の驕《おご》った気持を恥じたんですよ。女ごが腹を痛めた子を奪い取られることほど辛《つら》いことはありませんもの……。終《つい》しかあたしは子に恵まれなかっただけに、おきんさんの無念さが手に取るように解って……。一瞬にせよ邪《よこしま》な心を抱いたあたしは、二度とあの女《ひと》の前に出られないと思ったんです。惣次が罰当《ばちあ》たりな死に方をして、おきんさんが再び蔦藤に戻ったことも、小金《こがね》を貯《た》めて金貸しになったことも知っていました。けど、それがあの女《ひと》の選んだ道なんだもの、それが幸せかどうかはあたしには解りません。だから、亭主と二人で芋酒屋をしていて何度も金繰《かねぐ》りに困っても、おきんさんにどの面《つら》下げて金の無心が出来るのだ……と、そう思っていたんです。けど……」

おはつが項垂《うなだ》れ、肩を顫わせる。

見かねて、亮吉が割って入る。

「あっしが悪いんで……。おきんさんに金を貸してくれと頼んでくれねえかと言ったのはあっしで……。そんなことをすれば、こいつが辛《つれ》ェ思いをするのは重々承知で、背に腹は替えられねえと頼んだんでやす」

「違うんです！　あたしが頼んでくると言ったんです。あたしはこの男《ひと》について行ったお陰で、大金は持てなかったがそれなりの幸せを貰《もら》えたんだもの、意地だの体裁《ていさい》だのと言ってはいられない……。けど、おきんさんはあたしの顔を見て、今頃何をしに来たって顔をしましてね。目の前で金をじゃらじゃらさせて見せ、貸してくれだって？　金は掃《は》いて捨てるほどあるけど、生憎《あいにく》、おまえに貸す金は鐚一文《びたいちもん》ない、だってそうだろう？　あたしには金があるが、おまえには優しい亭主がいるんだから……、とそう言って皮肉な笑いを湛《たた》えたんですよ。あたしもそう言われることは覚悟のうえでした。だから、咄嗟《とっさ》に嘘を吐いたんです……。思わず、おまえが産んだ息子がその後どうなったか知ってるかえ？　と、そう言っちまったんですよ。すると、おきんさんの顔色がさっと変わって、生きているのか、現在《いま》どこにいる？　とせっつくものだから、あたしは詳しいことまでは知らないが、うちの男《ひと》が知っているみたいだから、もっと知りたければ花川戸の芋酒屋まで来るといいよって言ったんですよ。そうしたら、あの女《ひと》、掌を返したみたいに息子がどこにいるのか教えてくれたら、二朱なんてみみっちいことを言わないで、一分でも二分でも貸してやるからと……」

「そうか……。それで、俺が浅草御門を潜って茅町のほうに行く、おきん婆さんを見かけたんだな」

佐吉が納得したとばかりに頷く。

「それで、おきんは芋酒屋を訪ねて行った……。ところが、亭主がおきんの息子の消息を知っていると言ったのは、嘘だったんだな？」

銀造が睨めつけると、亮吉がおはつに代わって答えた。

「あっしはこいつから何も聞かされていなかったもんだから、おきんさんが見世に入って来るなり、さあ話してもらおうか、あたしが産んだ息子はどこにいるって責め立てられ、何がなんだか……。が、こいつの表情を見て、すぐに金を貸してほしさにこいつが万八《まんぱち》（嘘）をついたのだと悟《さと》りやしてね。だったら、あっしもその万八に乗らねえわけにはいかねえ……。それで、一年ほど前《めえ》に柳橋《やなぎばし》の小料理屋で逢ったが、流しの板前とか言っていたので、現在《いま》はどこか別の見世に移っているかもしれねえ、と答えやした。すると、その男の年恰好《としかっこう》は、名前《なめえ》は、何故その男があたしの息子と判ったのかと次から次へと問いかけ、勘《かん》のよいあの女ごはすぐに嘘だと見抜いたってわけで……」

「だから、あたしが悪かったんだ！　あたしがあんな嘘を吐いちまったから、おまえさんがさんざっぱら罵声《ばせい》を浴《あ》びることになっちまったんだもの……。あたし、この男《ひと》がそこまであの女《ひと》に扱《こ》き下ろされることはないと頭に来て、それで、傍にあった包丁《ほうちょう》を手にしたんだよ。まさか、それをおまえさんが奪い取り、あたしの代わりにあの女《ひと》を刺すなんて……。解ってるんだよォ……。おまえさんはあたしに罪を犯《おか》させてはならないと思ったんだ……。だから、あたしの代わりに……」

「違う！　おめえの代わりなんかじゃねえ。俺ャ、あの女ごが許せなかったんだ。おめえのことを蓮《はす》っ葉《ぱ》呼ばわりしやがってよ……。蓮っ葉はあいつじゃねえか！　俺ャ、自分のことならどんなに悪しざまに言われたっていい。けど、おめえのことを口汚《くちぎたな》く罵《ののし》られることだけは許せなかったんだ……」

「おまえさん！」

「おはつ……」

二人は手を握り合い、ワッと畳《たたみ》に突っ伏した。

取調室の銀造も佐吉も言葉を挟む余地がないとみえ、蕗味噌を嘗めたような顔をしている。

「どうしやす？」

佐吉が銀造を窺う。

「どうもこうもねえや……。この男がおきんを殺めたのは事実だし、おはつが遺体の隠蔽《いんぺい》に手を貸したことも、三味線箱に隠した金を盗んだのも事実……。これだけ揃ってりゃ、お目こぼしはまず以て無理ってもんだからよ。夜が明けたら、佐伯さまに報告し采配《さいはい》を仰ぐよりしょうがあるめえ。まっ、いずれにしても、大番屋送りは免《まぬが》れねえだろうさ……」

銀造が腕を組み、肩息《かたいき》を吐く。

「けど、文治が言ってやしたが、三味線箱から抜き取った金が、手つかずの状態で居間の長火鉢の猫板《ねこいた》に置いてあったとか……。まだはっきりと数えたわけじゃねえが、ざっと見積もって、細金《こまがね》すべてで十五両は下らねえそうで……。だから、この二人は端から金目当てじゃなかったということ……」

佐吉が銀造の耳許で囁く。

「それがどうしたというのよ。金目当てであろうとなかろうと、おきんを殺めたことには違《ちげ》ェねえ……。しかもだ、それを隠蔽しようとしたんだからよ、この二人は！」

銀造の言葉尻《じり》が強かったのか、再び、二人は激しく肩を顫わせた。

こうしている現在《いま》も、屍《しかばね》の入った茶箱は自身番の玉砂利《たまじゃり》の上に……。

そのとき、上がり框《かまち》のほうから声が聞こえてきた。

「おっ、済まねえな。そろそろ、おすえさんから差し入れが届く頃だと思ってたぜ！」

「握り飯かよ。中身はなんでェ。俺の好きなおかかを入れてくれたんだろうな？」

松助と文治の声である。

「お腹が空《す》いただろ？　親分や佐吉さんはまだ奥かえ？　ご苦労だね。じゃ、せいぜいきばっておくれ！」

おすえのどこかしら人の心を和《なご》ませる声が、現在《いま》の佐吉には何よりの救いだった。

銀造が目まじする。

おまえも行って食ってこいという意味なのであろう。


「亮吉とおはつにお裁《さば》きが下りたぜ」

定廻り同心佐伯隼太が、鏡越しに目まじする。

「えっ……」

梳櫛《すきぐし》を使う佐吉の手が止まった。

「それで……」

「二人とも死罪だ」

「二人とも……。おはつもですか！」

「ああ、下手人《げしゅにん》でないにしても、ことの発端《ほったん》はおはつが吐いた嘘によるものであるし、遺体の隠蔽にも手を貸した……。これは自《みずか》ら手を下したにも等しいことであり、何より、おはつ自身が望んだことでもあるのでな」

「おはつが望んだ……」

「亭主の亮吉を死罪、女房おはつを遠島という手もあるが、そんなことをしても、おはつは悦ばねえ……。寧ろ、てめえだけ生き存《なが》えたことを悔《く》やむだけで、針の筵《むしろ》に坐らせられたような想いで余生を送らなければならねえからよ。おはつはお白洲《しらす》で奉行に訴えたそうだ。どうか、自分を亭主同様に死罪にしてくれと……。お上《かみ》にも情がねえわけじゃねえ。あの老夫婦を別々の咎《とが》で裁くより、死出《しで》の旅路を共にさせてやるほうが温情《おんじょう》であろうとな……」

「そうですか……」

佐吉の胸をすっと風が吹き抜けた。

佐伯の髷が結い上がる。

「おっ、今朝もよい結い上がりだ」

佐伯が鏡を覗き込み、満足そうに頷く。

そこに、佐伯の妻女《さいじょ》菜保《なほ》が茶を運んで来た。

「やっと、朝夕が涼しくなりましたわね」

菜保はふわりとした笑みを佐吉に送ると、茶を勧《すす》めた。

「芋名月《いもめいげつ》（十五夜）も近いし、過ごしやすくなりやした」

佐吉は鬢盥《びんだらい》に梳櫛や鋏《はさみ》、鬢付油《びんつけあぶら》などを仕舞《しま》いながら、ちらと菜保を窺った。

菜保のお腹が、やっと目立つほどに膨らみかけてきた。

佐伯が四十路になって初めて授《さず》かった子で、確か、年明けには待望《たいぼう》の赤児《やや》が生まれると聞いている。

「おや、鈴江《すずえ》さまの畑の帚木《ははきぎ》が小花をつけていますことよ！」

菜保が伸び上がるようにして、鈴江道玄《どうげん》の薬草畑を見やる。

薬草畑は本堂《ほんどう》（内科）の医師鈴江道玄が佐伯の庭の一部を借りて作ったものである。

佐伯隼太の組屋敷の隣は、同心中山甚左衛門《なかやまじんざえもん》の組屋敷……。

鈴江道玄は中山の敷地内にある貸家で、診療所を開いているのである。

ここ八丁堀《はっちょうぼり》では、一部を除《のぞ》いて同心の組屋敷の殆《ほとん》どが、敷地内に貸家や貸地を作っていた。

というのも、与力《よりき》の禄高《ろくだか》二百石に比べ、同心は三十俵二人扶持《ぶち》と、いかにいっても収入が少なく、賄賂《わいろ》や付け届けの役得《やくとく》があるとはいうものの、これだけでは、時折、小者や岡っ引きに小遣《こづか》いを与えるのもままならない。

そこで、彼らは敷地内に貸家や貸地を作り、副収入としたのである。

だが、元はといえば、与力や同心の組屋敷は幕府から拝領したものであり、無断で庶民に貸してよいわけがない。

それで、彼らは抜け目なく、儒者《じゅしゃ》や医者を店子《たなこ》に選んだのだった。

そのため、江戸の人々は八丁堀の七不思議の一つとして、儒者医者犬の糞《くそ》、と面白《おもしろ》おかしく俗諺《ぞくげん》を囁いたほどで、それほど八丁堀には儒者や医者が多く住んでいたのである。

成程、見ると、佐伯の庭と区切りをつける意味なのか、薬草畑をぐるりと取り囲むように帚木が植えてあり、紅《あか》く色づいた葉の脇に淡緑色《たんりよくしよく》の小花が……。

やがて小花は実となるが、実になると硬い茎《くき》が折れやすくなるため、秋隣《あきどなり》になると茎を抜き取り陰干《かげぼ》しにして草箒《くさぼうき》を作るのだが、実はとんぶりとも呼ばれ、酢物《すのもの》として食膳《しょくぜん》に上った。

「帚木の葉が紅く染まり、花をつけると秋隣か……。暑い暑いと繰言《くりごと》を募っても、やれ、あと少しの辛抱《しんぼう》ということよのっ」

佐伯がぐびりと茶を飲み干す。

「では、あっしはこれで……」

佐吉が鬢盥を手に立ち上がる。

「やっと、おめえも廻り髪結の仕事に戻れるな」

佐伯がにたりと頬を弛める。

「へっ……」

佐吉はぺこりと頭を下げたが、内心は冷や汗ものだった。

やはり、佐伯は佐吉が銀造に手を貸し、おきんの行方《ゆくえ》を追っていたことを知っていたのである。

が、まともに苦言《くげん》や皮肉を呈《てい》さないところが、いかにも佐伯らしい。

佐吉は佐伯の下に就く小者であるが、岡っ引きの力になれるのであれば、見て見ぬ振りをしようというのである。

佐吉は佐伯の勝手口から外に出ると、薬草畑の脇を通って木戸門へと歩いた。

が、ふと薬草畑の傍で脚を止めると、帚木に目をやった。

同心は日髪日剃《ひがみひぞり》を旨《むね》とし、佐伯の頭髪をあずかる佐吉は毎朝この畑の脇を通っていたのだが、いつの間に帚木の葉が緑色から紅く変わったのか、菜保に言われるまで気づかなかった。

時の移ろいに敏感な佐吉が気づかなかったのは、大方、おきんの行方を突き止めることに忙殺《ぼうさつ》されていたからであろう。

佐吉は紅く萌《も》える帚木に、おきんを合わせ見た。

思えば、生涯、おきんは金に振り廻されてきたのである。

親弟妹《きょうだい》や惣次のために身を挺して金を稼ぎ、惣次の死後、金は自分のために稼ぐと決めて金がすべての身の有りつきをしてきたが、おきんの心の中には、消そうにも決して消し去ることの出来ない、息子への想いが蟠《わだかま》っていた……。

それゆえ、おきんは息子の消息という言葉に心が揺らいだのであろう。

言い換えれば、金には替えられない、強い母の想いに突き動かされた……。

ところが、おはつ夫婦がおきんを殺めたと知ったとき、世間の反応はどうだったであろう……。

誰もが口を揃えて、殺めたおはつ夫婦に同情したのである。

「あの業突く婆が殺されたって？　上等じゃねえか！　ヘン、いつかこうなると思ってたぜ」

「これで、世の害虫を退治《たいじ》できたかと思うと、せいせいするぜ！」

「ああ、まったくだ。ぶっ殺してくれた爺さんに拍手喝采《はくしゅかっさい》ってなもんでェ！」

と、こんな具合に、誰一人としておきんのために涙を流すどころか、手を合わせる者もいなかった。

いや、そうではない。

おきんの遺体が投込寺《なげこみでら》送りになったと聞き、たった一人、嘉平の仏前で手を合わせた者がいた。

おたみである。

おたみはそれがおきんのためとは言わなかったが、仏前で手を合わせるおたみの背から、その想いがありありと伝わってきた。

男神の親分と呼ばれたおとっつァんが生きていたら、きっと、あの男《ひと》もそうしたに違《ちげ》ェねえ……。

人は情《なさけ》の器物《うつわもの》……。

この世に生まれもっての悪人などいやしねえ……。

嘉平のその心はしっかとおたみへと伝わり、そして佐吉にも伝わっているのである。
和歌では、帚木は母にかけて詠《よ》まれるという。
そして、逢えそうで逢えないことにも譬《たと》えられるという。
気丈に見えて、その実、おきんほど心許《こころもと》ない人生を送った女ごも少ないであろう。

おきん婆さん……。
佐吉は胸の内でぽつりと呟いた。
その刹那《せつな》、ひやりとした風が項《うなじ》を掠《かす》めていった。
ああ、もう秋なのだ……。

忘れ扇

1

およしは両手に余るほどの小菊を抱《かか》えて木戸を潜《くぐ》り、おやっと木戸番小屋に目をやった。

昨日までなかった焼芋《やきいも》の壺《つぼ》が表に出され、おすえが鉄製の鉤《かぎ》に甘藷芋《かんしょいも》を刺しているのが目に留《と》まったのである。

「そっか、今日は重陽《ちょうよう》（九月九日）だもんね。それで焼芋が始まったんだ！」

およしが小走りに駆け寄り声をかけると、おすえは驚いたように振り返った。

「なんだえ、およしちゃんじゃないか……。おはようさん！　おやまっ、これはまた大量な菊だこと……。ああそうか、今日は菊の節句だもんね。けど、いかになんでも菊酒《きくざけ》にするには多すぎるのじゃないかえ？」

おすえが目をまじくじさせる。

およしは照れ臭そうに頬《ほお》を弛《ゆる》めると、

「だって、中庭の小菊があんまし綺麗《きれい》に咲いたものだから、うちの男《ひと》がおっかさんに持ってってやれと言うんだもの……」

と鼠鳴《ねずみな》きするような声で呟《つぶや》いた。

「あらまっ、うちの男《ひと》ときたよ！　そうかえそうかえ、それはお熱いことでご馳走《ちそう》さま！」

おすえがちょっくらい返す。

「嫌《いや》だ、おすえさん……」

「なんだえ、照れることはないじゃないか。優《やさ》しい亭主を持って、おまえは幸せ者だよ。しかも、何が優しいかといって、今日が菊の節句と知り、計《はか》ったようにこうして大量の菊を持たせてくれるんだもんね」

おすえがおよしの腕の中を覗《のぞ》き込む。

「そうだ！　おすえさんも少し菊を貰《もら》ってくれないかしら？」

「ええっ、いいのかえ？　だって悪いじゃないか。せっかく紅藤《べにふじ》の旦那《だんな》がおたみさんに持ってけと言ったのにさ……。けど、せっかくだから、ほんの少し分けてもらおうかな？　夕餉《ゆうげ》に菊酒の一杯でもつけてやると、亭主が悦《よろこ》ぶだろうからさ」

おすえは気を兼ねたように言ったが、顔は正直なもので、でれりと目尻《めじり》を下げている。

「菊酒だけでなく、活《い》け花用に少し多めに取ってくれていいからさ。ほら、こんなに沢山あるんだもの……」

「そうかえ。じゃ、そうさせてもらおうかね。あたしもさ、今宵《こよい》は栗飯《くりめし》をと思い、朝から皮を剝《む》いて塩水に浸《つ》けてあるんだよ。勿論《もちろん》、出来上がったら猫字屋《ねこじや》にも持っていくつもりだけど、よかったら、およしちゃんも帰りに持ってくかえ？」

「いえ、あたしは……」

「ああ、そうだったね。紅藤では賄《まかな》いから掃除までお端女《はした》が何もかもをやってくれると言ってたね。てェことは、坂本町《さかもとちょう》に帰れば、黙っていても栗飯や菊酒が出て来るって寸法なんだね？　まあ、なんておまえは果報者《かほうもの》なんだえ！　こうして毎日猫字屋に通って来るのもおたみさんを助《す》けるためで、銭金のためじゃないんだもんね。それに引き替え、番太郎《ばんたろう》の女房なんて哀《あわ》れなもんだよ。女房として家事を熟《こな》すのは当たり前としても、町から出る手当だけでは立行《たちいき》していけないもんだから、こうして草鞋《わらじ》や雑貨を売るばかりか、秋風が吹くと焼芋を売り、しかも、それだけではまだ足《た》りなくて、合間に手内職をして、なんとか亭主と二人で口を漱《すす》いでいるんだからさ……。おや、ごめんよ。およしちゃんを相手に愚痴《ぐち》ることでもなかったね」

おすえは決まり悪そうに肩を竦《すく》めてみせた。

おすえが繰言《くりごと》を募《つの》りたくなるのも無理はない。

木戸番の手当は町の経費で賄われるのだが、これが雀《すずめ》の涙ほどの薄給《はっきゅう》なのである。しかも、年中三界《ねんじゅうさんがい》、片時も気を休めることが出来ないのであるから、日頃いかに我《が》慢《まん》強いおすえといっても、紅藤の主人藤吉《あるじとうきち》に請《こ》われて後添《のちぞ》いに入ったおよしを見ると、つい泣き言のひとつも言ってみたくなるのであろう。

およしは言葉に窮《きゅう》し、困《こう》じ果てたような顔をした。

「なんだえ、そんな顔をしないでおくれよ……。じゃ、小菊を四、五本貰おうかね。そうだ、これから芋を焼くから小中飯《こじゅうはん》（おやつ）にどうだえ？　今日は壺開《つぼびら》きだ。お代はいいからと、そう、おけいちゃんに伝えておくれ」

おすえがあっけらかんとした口調で言う。

この後腐《あとくさ》れのなさが、おすえのよいところであろうか……。

およしは気を取り直し、じゃあね、と猫字屋の腰高障子《こしだかしょうじ》を潜った。

するとそこに、おすえの亭主伊之吉《いのきち》が欠伸《あくび》を嚙《か》み殺したような顔をして、木戸番小屋の中から出て来た。

「おや、もう出掛けるのかえ？」

「ああ、これでも遅《おせ》ェくれェだ。木戸を開けたらすぐに出掛けるつもりでいたんだが、朝餉《あさげ》を食ったら、つい、つらっときちまってよ……。おっ、握り飯の仕度《したく》は出来てるんだろうな？」

「ああ、出来てるよ。本当はあたしもついて行けばいいんだろうけど、二人して木戸番小屋を空《あ》けるわけにはいかないからさ……」

「なに、俺一人で大丈夫《でえじょうぶ》だ」

「けど、やっぱ、自身番に届け出たほうがいいんじゃないかえ？　いくら得《とく》さんが内緒にしてくれと頼んだからって、おまえさんの話じゃ、脇腹《わきばら》の傷はかなりの深手《ふかで》というじゃないか……。それなのに、医者にも診《み》せない、自身番にも届け出ないなんてさ。得さんに万が一ってことがあれば、一体どうするつもりなのさ！　六歳を頭《かしら》に三人の子がいるんだよ？　あの子たちのことを考えても、得さんを死なせるわけにはいかないじゃないか……」

おすえが眉根《まゆね》を寄せ、堪《たま》りかねたように言う。

「まっ、そうカリカリするなよ。おめえの言いてェことは解《わか》る。けどよ、縋《すが》りつくような目をして、誰にも言ってくれるな、と得さんから哀願《あいがん》されてみな？　これは裏に何か事情があると見て当然だろう？」

「だからさ、その事情というのが怪《あや》しいのさ。万が一、悪事に手を染めた結果があの怪我《けが》だとしたらどうすんのさ！　黙っていると、おまえさんまでが悪事に加担《かたん》したことになるんだよ」

伊之吉は蕗味噌《ふきみそ》を嘗《な》めたような顔をした。

おすえに言われるまでもなく、伊之吉も鬼胎《きたい》を抱《いだ》いていたのである。

昨夜のことである。

四ッ（午後十時）になり、町木戸を閉めようと小屋を出た伊之吉は、闇《やみ》の中に何やら異常な空気を捉《とら》えた。

忍び足とも違い、どこかしら地を這《は》うように蠢《うごめ》く気配……。

咄嗟《とっさ》に、棒鱈《ぼうだら》（酔っ払い）を頭に描《えが》いたが、どうやらそうでもないらしい。

次第に近づいて来る気配に、伊之吉は目を凝《こ》らした。

やはり人影のようである。

影は木戸の高提灯《たかぢょうちん》の下まで辿《たど》り着くと、力尽きたように蹲《うずくま》った。

印半纏《しるしばんてん》の背に、丸に箸《はし》の文字が見える。

「おめえさん、時雨店《しぐれだな》の得次郎《とくじろう》さんじゃねえか？　そうだよ、間違《まちげ》ェねえ……。おっ、得さん、どうしてェ、しっかりしな！」

伊之吉は木戸の外に飛び出し、得次郎を抱え上げようとし、あっと息を呑《の》んだ。指先にねっとりとした感触を覚えたのである。

伊之吉は思わず高提灯の灯《ひ》に指を翳《かざ》し、きやりとした。

血糊《ちのり》ではないか……。

慌てて得次郎の身体《からだ》に目を戻すと、なんと、半纏の下に纏《まと》った上総木綿《かずさもめん》が血で真っ赤に染まっている。

「一体全体《いってえぜんてえ》、これは……。おっ、得さん、しっかりしな！　今、自身番に知らせてくるからよ」

伊之吉が腰を上げかけると、得次郎は力を振り絞《しぼ》り、ぐいと伊之吉の袖《そで》を引いた。

「済まねえ……。後生一生《ごしょういっしょう》のお願《ねげ》ェだ。自身番にも誰にも言わねえでくれ……」

「誰にも言わねえといっても、おめえ、こんな深手を負《お》っちまってよ。見たところ、匕首《あいくち》でぶすりとやられたようだが、だったら尚《なお》のこと、自身番に届け出ねえと……」

「駄目だ……。言っちゃなんねえ……。助《す》けると思って、黙っててくれ……。それより、俺《おり》ャ、帰《けえ》らねえと……。餓鬼《がき》が……、餓鬼が待ってるんだよ……」

得次郎が懸命《けんめい》に立ち上がろうとする。

が、自力で立ち上がるだけの力は残っていないとみえ、身体を起こそうとするたびに、ぐらりと蹌踉《よろ》めく。

「解った。解ったよ……。じゃ、送ってってやるから俺の肩に身体を預けな。歩けるか？　ゆっくりでいいからな。そう、その調子だ……」

そうして、伊之吉は小網町《こあみちょう》一丁目の次郎左衛門店《じろうざえもんだな》、通称、時雨店まで得次郎を送り届けたのだった。

裏店《うらだな》に帰ってからも、得次郎は誰に何ゆえ刺されたのか話そうとしなかった。

そればかりか、医者を呼びに行くという伊之吉に手を合わせ、誰にも口外しないようにと哀願したのである。

六歳を頭に三人の子は、そんな父親《てておや》の姿にすっかり怯《おび》えきってしまい、部屋の隅《すみ》で肩を寄せ合い顫《ふる》えていた。

その姿に、伊之吉は悟《さと》った。

今、傷ついているのは得次郎だけでなく、この子供たちも心に深い疵《きず》を負ってしまったのだと……。

だとすれば、今、伊之吉が騒ぎを大きくしてしまったのでは、この子たちの疵が更《さら》に深まるのではなかろうか。

そう思い、得次郎に応急措置《おうきゅうそち》を施《ほどこ》すと、子供たちを寝かしつけ一旦《いったん》木戸番小屋に戻ったのだが、どうにもあの父子《おやこ》のことが気懸《きが》かりでならず、再び、焼酎《しょうちゅう》や万能灸代《まんのうきゅうだい》、晒《さら》し木綿などを手に時雨店に引き返したのだった。

そうして明け方まで得次郎の傍《そば》に付き添《そ》い、明け六ツ（午前六時）近くになって木戸を開けるために戻ったのだが、おすえに子供たちのための握り飯を作るようにと言いつけ、朝餉を食べた刹那《せつな》わっと睡魔《すいま》が襲ってきて、気づくと、もう五ツ（午前八時）を過ぎているではないか……。

とはいえ、得次郎に付き添っている最中《さなか》、伊之吉は何も考えなかったわけではなかった。

得次郎は生命《いのち》に関わりかねないほどの創傷《そうしょう》を受けたわけである。

他人《ひと》に刺されたのは明々白々《めいめいはくはく》……。

それなのに、口外してくれるなとは、得次郎に疚《やま》しいところがあるからに違いない。

だとすれば、番太郎の自分が見て見ぬ振りをするわけにはいかないではないか……。

とはいえ、この生真面目《きまじめ》が着物を着て歩いているような石部金吉金兜《いしべきんきちかなかぶと》が、他人《ひと》に言えないような悪事に手を染めるはずがない。

得次郎は居職《いじょく》の箸師《はしし》である。

主に竹箸《たけばし》、柳箸《やなぎばし》、吉野杉《よしのすぎ》で出来た利休箸《りきゅうばし》などを作っているが、箸師としては腕が立つと評判で、名だたる料理屋や茶人《ちゃじん》からの注文が絶《た》えたことがないという。

そんな得次郎であるから順風満帆《じゅんぷうまんぱん》と言いたいところだが、どうやら女房運だけは悪かったとみえ、二年前、芝居見物に行くと言って裏店を出たきり、女房が姿を消してしまったのである。

何しろ、三人の子を残してのことであるから、照降町《てりふりちょう》の自身番でも座視《ざし》するわけにはいかず、各所に尋《たず》ね人の貼紙《はりがみ》をして行方《ゆくえ》を追った。

が、それらしき女《おな》ごを見掛けたという情報は一向《いっこう》に摑《つか》めず、神隠しにでも遭《あ》ったのだろうか、いやいや、あの女ごは得次郎には勿体《もってえ》ねえほどのぼっとり者……、大方、面白《おもしろ》くもおかしくもねえ得次郎に愛想尽《あいそづ》かしして出て行ったのよ……、と目引き袖引き噂《うわさ》していた連中も、現在《いま》では得次郎に女房がいたことすら忘れかけているのである。

そんな堅物《かたぶつ》の得次郎であるから、どう考えても、悪事に手を染めることなどあり得ない。

だが、魔が差すってこともあるからよ。案外《あんげえ》、裏で手慰《てなぐさ》みに嵌《はま》っているとは考えられねえだろうか……。

と、そんなふうにひと晩中、伊之吉は逡巡《しゅんじゅん》したのだった。

やっぴし夜が明けたら、自身番に届け出よう……。それが俺の務《つと》めなのだからよ。

大家や書役さんに何ゆえ昨夜のうちに届け出なかったのかと問い詰められたら、夜が明けてから届け出ようと思っていた、と言い繕《つくろ》えばいい。

医者に診せなかったのも同じ理由で、朝になったら道玄《どうげん》さまの門戸《もんこ》を叩《たた》こうと思っていた、と答えよう。

だが、そう思ったとき、つと、得次郎の傍で眠る子供たちの寝顔が、目に飛び込んできた。

さすがに六歳の男児には父親《てておや》に起きた異変が解るとみえ、おとっつァんのことは気にせず、さあ、もう寝な、と促《うなが》す伊之吉の言葉に耳を貸そうともせず、怯臆《きょうおく》したように唇を噛み締《し》めていた。

「おめえ、幾つだ。名前《なめえ》は？」

伊之吉が訊《たず》ねると男児は指で六と示し、無言のまま肩を丸めた。

どうやら、声を出すことも出来ないほど怯えているようである。

「じゃ、弟は？」

そう言うと、男児は再び指で四と示した。

「その下は？」

今度は、三と示す。

すると、兄と違って父親《ておや》に起きたことが理解できない弟が、

「おいら、竹次郎《たけじろう》……。あんちゃんが松太郎《まつたろう》で、妹がお梅《うめ》だよ！」

と得意満面《とくいまんめん》に答えた。

「そうけえ。偉《えれ》ェな。よく答えられたな。ところで、おめえら、晩飯は食ったのか？」

「うん。おとっつァんが作ってくれた」

やはり答えたのは、竹次郎という弟のほうである。

ということは、得次郎は子供たちに夕餉《ゆうげ》を食べさせて外出したことになる。

「じゃ、もう寝な。朝になったら、おっちゃんが握り飯を拵《こしら》えてきてやるからよ」

「うん。おやすみ……」

そうして子供たちは寝床に入ったのだが、松太郎だけはなかなか寝つけないとみえ、何度も寝返りを打っては身体を起こし、父親の寝姿を心配そうに窺《うかが》っていた。

とは言え、そこはやはり六歳の子……。

暫《しばら》くすると松太郎も前後を忘れて眠ってしまったのであるが、我が娘《こ》を五歳で失った伊之吉には、胸が詰まされるような想《おも》いであった。

おくみが生きていたら、あんなふうに俺のことを案じてくれただろうか……。

どんな親であれ親は親……。子には、自分の親ほど愛《いと》しいものはないからさ……。

いつだったか、猫字屋のおたみがそう言っていた。

生《な》さぬ仲の子を三人も我が子として育てたおたみの言葉だからこそ、その言葉はずっしりとした重みを持って伊之吉の胸の奥に留《とど》まったのである。

伊之吉の目に、ワッと熱いものが衝《つ》き上げてきた。

この子たちのためにも、現在《いま》、得次郎がお縄《なわ》にかかるようなことがあってはなんねえ……。

そう思うと、得次郎のことは自分が護《まも》らなければ……、と新たなる想いに胸が顫えた。

少なくとも、何があったのか得次郎の口から聞き出すまでは、下手《へた》に騒ぎを大きくしてはならないと思ったのである。

伊之吉は自分の胸の内など知ろうともしないおすえに些《いささ》かムッとした。

「俺ャよ、得さんを信じてるんでェ。あいつが他人《ひと》から後ろ指を指《さ》されるようなことをするわけがねえ！　おめえだって知ってるだろうが……」

おすえは痛いところを突かれ、唇を窄《つぼ》めた。

「そりゃそうなんだけどさ……。そうだね。おまえさんが言うとおりだ。得さんが誰にも言ってくれるなってことは、よくせきの事情があるんだろうからさ。でもね、これだけは言っておくよ。夕《ゆん》べは真夜中だったんで仕方がないけど、やっぱり道玄さまに診せなきゃ駄目だよ。傷口に焼酎を吹きかけ万能灸代を塗《ぬ》っただけだなんて……。縫《ぬ》わなきゃならない傷だったらどうすんのさ！　放っておくと化膿《かのう》して、それこそ生命《いのち》に関わることになるんだからさ。だからさ、あたしが八丁堀《はっちょうぼり》までひとっ走りしてくるよ。道玄さまに事情を話し、人目を忍ぶようにして時雨店を訪ねてほしいと頼むからさ……。道玄さまだって野暮《やぼ》じゃない。きっと解って下さると思うんだ……。ねっ、そのくらいの差出《さしで》をさせてくれてもいいだろう？」

おすえが嫌だとは言わせないぞとばかりに、伊之吉を瞠《みつ》める。

伊之吉は首を傾《かし》げ、暫《しば》し考えた。

成程《なるほど》、おすえの言うとおりなのかもしれない。

得次郎のことを護ろうと思ってしたことが、逆に、生命《いのち》を縮《ちぢ》めさせてしまったのでは……。

「ああ、解った。そうしてくれ。だが、くれぐれも言っとくが、自身番には悟られねえようにするんだぜ！」

「あいよ。合点承知之助《がてんしょうちのすけ》！」

おすえが胸をポンと叩き、あっと目を点にする。

伊之吉もハッと振り返り、息を吞《の》んだ。

なんと、書役の喜三次《きさんじ》が荒布橋《あらめばし》のほうから大股《おおまた》に歩いて来るではないか……。

拙《まず》い……、と思ったがもう遅い。

二人の姿を認めた喜三次は脚《あし》を速め、おう、朝っぱらから二人して内緒話でもあるめえに、と寄って来た。

喜三次は伊之吉が手にした風呂敷包《ふろしきづつ》みに目を留めると、

「どこかに出掛けるのか？」

と訊ねた。

「ええ、ちょいとあたしが用を頼んだもんでしてね……。ほら、おまえさん、何をぐずぐずしてるんだえ！　さっさと行きな。ときは待ってちゃくれないんだよ！」

おすえが慌てて伊之吉を追い立てる。

「へへっ、そんなわけで……。じゃ、行ってくらァ……」

伊之吉がひょいと会釈《えしやく》して、小舟町《こぶなちよう》三丁目のほうに歩いて行く。

小網町とは反対の方向を選んだのは、喜三次の目を眩《くら》ませるためだろう。

おすえはやれと息を吐《つ》くと、喜三次に愛想笑いをした。

「やっと秋らしくなりましたよね」

「ああ、今日はもう重陽だからな。おっ、そう言えば、焼芋の壺《つぼ》が出ているじゃねえか！　そうけえ、今日から焼芋を売るんだな」

「ええ、毎年のことでしてね。あら嫌だ。早く仕度をしなくっちゃ……。それこそ、ときは待ってちゃくれないからさ！」

おすえがわざとらしく首を竦《すく》めてみせる。

「じゃ、あとで俺も焼芋を買いに来るとしよう」

「今日は壺開きですからね。書役さんには奢《おご》りってことでね！」

「おっ、済まねえな。じゃ、あとでまた寄るからよ」

喜三次はひょいと片手を上げると、自身番の腰高障子へと歩いて行った。

どうやら悟られなかったようである。

おすえはやれと太息《ふといき》を吐いた。


伊之吉が時雨店の路次口《ろじぐち》を潜《くぐ》ると、井戸端で米を研《と》ぎ、野菜を洗っていた裏店のかみさん連中が一斉《いっせい》に振り向いた。

今時分、番太郎が裏店を訪ねてくることなどないことなので、どうやら不審《ふしん》に思ったようである。

が、伊之吉は女ごたちを一瞥《いちべつ》しただけで、声をかけずに得次郎の部屋へと入って行った。

いずれ鈴江《すずえ》道玄が訪ねて来れば、得次郎に何事かあったと悟られてしまうであろうが、せめて現在《いま》だけでも、そっとしておいてほしいと思ったのである。

が、伊之吉が腰高障子を開けると、松太郎が血相《けっそう》を変えて駆け寄って来た。

「おとっつァんが……。おとっつァんが……」

松太郎が泣き出しそうな顔をして伊之吉の腕を摑《つか》み、得次郎の傍に引っ張っていこうとする。

どうやら、松太郎はやっと声を出す気になったようである。

得次郎は紅《あか》い顔をして、ぜいぜいと喘《あえ》いでいた。

「やべェ……。熱が出たようだな」

伊之吉は慌てて得次郎の額に手を当てた。

かなりの高熱のようである。

伊之吉の胸がじくりと疼《うず》いた。

済まねえ……。俺の手当が悪かったばかりによ……。

「松太郎、水甕《みずがめ》に水はあるかな？　いや、汲《く》み上げたばかりの水がいいな……。おめえ、手桶《ておけ》を持って井戸端まで走ってくんな。いいな、裏店の女ごたちから何を訊《き》かれても、答えるんじゃねえぜ！　夕《ゆん》べ、おめえが俺にしたように、ひと言も喋《しゃべ》るんじゃねえ。いいな、解ったな？」

松太郎は頷《うなず》くと、土間に駆け下り、手桶を持って表に飛び出した。

どうでェ、ちったァ役に立つじゃねえか……。

伊之吉は独《ひと》りごちると、竹次郎とお梅に目をやった。

二人とも周囲《まわり》の喧噪《けんそう》をものともせず、未《いま》だ白河夜船《しらかわよふね》……。

伊之吉は得次郎の浴衣《ゆかた》の前をはだけ、あっと眉根を寄せた。

昨夜、傷口の上に当てた晒《さら》し木綿が、血でぐっしょりと染まっているのである。

結句、万能灸代だけでは血止めが出来なかったということ……。

やっぱり、昨夜のうちに道玄さまに診せておくのだった……。

「得さんよォ……。得さん、聞こえるか？　俺だよ。木戸番の伊之吉だ。今、うちの嚊《かかあ》が道玄さまを呼びに行ってるからよ、もうちっと辛抱《しんぼう》してくれや。大丈夫《でえじょうぶ》だ。余計なこたァ喋っちゃいねえし、道玄さまにも口止めしておくからよ……」

伊之吉は得次郎の耳許《みみもと》に口を近づけ囁《ささや》いたが、聞こえているのかいないのか、得次郎は呼吸も荒く喘ぐばかりである。

と、そこに、松太郎が手桶を重そうに抱えて戻って来た。

「おっ、済まねえ」

伊之吉が手桶の水を盥《たらい》に移し、出掛けに用意してきた手拭《てぬぐい》を浸《ひた》す。

朝一番に汲み上げた水は、指先が凍《こお》りつくほどに冷たかった。

「大丈夫《でえじょうぶ》だ。心配《しんぺえ》すんな。もうすぐ医者が来てくれるからよ。おとっつァんは必ずや助かる……」

伊之吉が得次郎の額に手拭を当てながら言うと、松太郎は素直に、うん、と頷いた。

「おめえ、あんまし眠っていねえのじゃねえか？　可哀相《かえいそう》によ。弟たちを起こしたら朝餉《あさげ》を食いな。握り飯しかねえが、昼餉《ひるげ》には嬶に言って何か温けェもんを食わしてやるから、現在《いま》はそれで我慢するんだな」

伊之吉が風呂敷包みを解《ほど》き、竹の折《へ》ぎに入った握り飯を取り出す。

そうして竹紐《たけひも》を解くと、子供用に小さく握った海苔結《のりむす》びに、胡麻塩《ごましお》を振った結び、沢庵《たくあん》、それになんと、玉子焼《たまごやき》までが……。

おすえが子供たちのことを思い作ってくれたのであろう。

伊之吉の胸がじんと熱くなった。

あいつ、いつの間に……。

伊之吉と二人だけの食膳《しょくぜん》では滅多《めった》に上がることのない卵だが、父親《てておや》のことですっかり怯《おび》えきってしまった子の心を慰《なぐさ》めようと、おすえはこうして玉子焼を作ってくれたのである。

子煩悩《こぼんのう》なことでは決して伊之吉に負けていないおすえ……。疵《きず》ついた子を労《いたわ》ろうとするその気持が、手に取るように伝わってくるのだった。

「どうでェ、玉子焼まであるぜ！　今、湯を沸《わ》かしてやるからよ。さっ、弟たちを起こして一緒に食いな」

が、起こすまでもなかった。

竹次郎もお梅も食い物の気配を察したのか、欠伸《あくび》をしながら起きてきて、玉子焼を見るやキャッと歓声を上げた。

「おっちゃんが作ったの？」

「あたち、玉子焼、大好《だいちゅ》き！」

どうやら、二人とも伊之吉が昨夜からずっとここにいると思っているようである。

「そんなこたァどうでもいいからよ。さっ、顔を洗ってくるんだ」

「はァい！」

二人が井戸端に飛び出していく。

しまった！　と思ったが、もう遅い。

井戸端の女ごたちに何も喋るな、と口止めするのを忘れたのである。

だが、口止めしたところで、お喋りな竹次郎には効《き》き目がないだろう。

しかも、鈴江道玄が訪ねて来れば、隠し遂《おお》せるはずもないのである。

案の定、井戸端から戻ってきた竹次郎の背後には、二人の女ごが……。

一人は大工の女房おトシで、もう一人は煙草《たばこう》売りの女房おひろである。

「得さん、具合が悪いんだって？」

「おや、紅い顔をして……。風邪《かぜ》かえ？　季節の変わり目だからね。子供たちに移らなきゃいいんだがね」

上がり框《かまち》から、二人が爪先立《つまさきだ》って中を覗《のぞ》き込む。

やれ……、と伊之吉は安堵《あんど》の息を吐いた。

どうやら、竹次郎は父親《てておや》が創傷を負っていることを話していないようである。

話していないというより、四歳の竹次郎には父親の具合が悪いことまでは解っても、何故《なぜ》なのかまでは解っていないとみえる。

「おっ、済まねえな。心配《しんぺえ》をかけちまってよ……。だが、案じるには及ばねえ。今、うちの奴に医者を呼びに行かせてるからよ。まっ、そんなわけなんで、皆忙しいだろうから帰《けえ》ってくんな」

伊之吉がそう言うと、おトシとおひろは顔を見合わせた。

「医者が来るというのならね……」

「それに、こうして伊之さんがついていてくれるんだもんね。じゃ、あたしたちに何か助《す》けることがあったら、なんなりと言っておくれ」

「そうだね。子供たちの朝餉も心配しなくていいようだし、あんまし船頭が多くても、却《かえ》って病人が休まらないだろうからさ……」

二人の女ごは気を兼ねたように上目《うわめ》に会釈し、戻って行った。

誰しも朝は忙しいときである。

決して二人の厚情《こうじょう》を疑うわけではないが、その表情にどこかしら安堵の色が見えたのは、伊之吉の思い過ごしなのであろうか……。

「さっ、おめえら、握り飯を食っちまいな」

伊之吉がポンと手を打つ。

「おいら、玉子焼から！」

「あたちも……」

竹次郎とお梅が玉子焼に手を伸ばす。

が、松太郎は海苔を巻いた結びのほうに手を出した。

七輪《しちりん》で鉄瓶《てつびん》がシュルシュルと音を立て始める。

伊之吉は湯呑《ゆのみ》に白湯《さゆ》を注《つ》ぎ分けると、子供たちに配っていった。

食い物の食べ方を見れば性格が判《わか》るというが、どうやら、竹次郎とお梅は好物から手をつけるようである。

それに引き替え、松太郎は大切なものは後に取っておく性分か……。

が、松太郎は海苔を巻いた結びにかぶりつくと、驚いたように目をまじくじさせた。

「お魚《とと》だ！　お魚が入っている……」

恐らく、おすえは結びの中に焼き鮭《しやけ》の身を解《ほぐ》して入れたのであろう。

そうして、胡麻塩を振りかけた結びの中には、おかかが……。

鮭とおかか入りの結びが大好きだった、おくみ……。

おすえがおくみを思い出しながら握ったのかと思うと、伊之吉の目に熱いものが込み上げてくる。

糞《くそ》ォ……。やっぱ、餓鬼っていいもんよのっ……。

ちらと、得次郎を振り返る。

得さんよォ、おめえはこんなにもいい餓鬼を持ってるんじゃねえか……。

この子らを遺《のこ》して死ぬんじゃねえぜ！

胸の内でそう呟いたときだった。

「さあさ、どうぞ……。おまえさん、道玄さまをお連れしたよ！」

おすえの声がして、開け放たれた障子の外から、おすえと鈴江道玄が現れた。

が、なんと、道玄が連れているのは下男の喜作《きさく》ではなく、代脈《だいみゃく》（助手）の石井《いしい》福太郎《ふくたろう》ではないか……。

道玄が往診に代脈を同行させることは滅多にないことだが、すると、道玄はおすえから話を聞いて外科的《げかてき》施術《しじゅつ》が必要と判断したのであろうか……。

道玄は挨拶《あいさつ》をしようとした伊之吉にちらと目をくれただけで、ずかずかと得次郎の傍まで寄って行った。

そうして、得次郎の浴衣の前をはだけると、うむっと眉間《みけん》に皺《しわ》を寄せた。

「こいつは……」

「なんと、折れた匕首の切っ先が傷の中に埋まっているではないですか！」

道玄の頭越しに覗き込んだ石井も、眉根を寄せる。

「おすえさん、子供たちを外に出してくれないか」

「……」

おすえはちらと伊之吉の顔を見た。

「何をぐずぐずしてやがる！　道玄さまがおっしゃってるんだ。早く餓鬼どもを表に連れ出すんだ」

伊之吉が険《けわ》しい顔をして、おすえを睨《ね》めつける。

「そうだね……。解ったよ。さあ、おまえたち、木戸番小屋に遊びに行こうか？　おばちゃんさァ、今日から焼芋を始めたんだよ。美味《うま》いよ！　壺開きだから、おばちゃん、おまえたちにうんと馳走してやるからさ」

おすえが子供たちに微笑《ほほえ》みかける。

竹次郎がヤッタ！　と腕を突き上げた。

パチパチと手を叩くお梅の脇で、松太郎だけが後ろ髪を引かれるように得次郎に目をやったのは、子供心にも父親《てておや》に危機が迫っていることを悟ったからに違いない。

そう思うと、おすえの胸がカッと熱くなった。

が、おすえは想いを振り払うようにして、さっ、行こうか！　と笑って見せた。

2

「店番《みせばん》をさせて悪かったね」

おすえが気を兼ねたようにおけいを窺う。

「ううん。今朝はまだ太作《たさく》さんたちが来ていないからね。待合に客がいないし、現在《いま》、結床《ゆいどこ》に入っているのは亀松《かめまつ》の女将《おかみ》とふじ半《はん》のお涼《りょう》さんだけだから……」

おけいはそう言うと、おすえが連れた三人の子に目をやった。

「へえェ……、この子たちが得さんの……。いらっしゃい！　あたしはさ、ほら、木戸番小屋の隣に髪結床《かみゆいどこ》があるだろ？　そこの娘で、おけいっていうんだよ。それで、坊の名前は？」

おけいが腰を屈《かが》めて松太郎の顔を覗き込む。

「……」

「あんちゃんの名は松太郎っていうんだよ。おいらは竹次郎……。それで、こいつが妹のお梅っていうんだ！」

竹次郎が松太郎に取って代わり答える。

「おや、三人揃《そろ》うと、松竹梅《しょうちくばい》じゃないか！　これは覚えやすくていいや。木戸番のおばちゃんから聞いたんだけど、おとっつァんの具合が悪いんだってね？」

「おけいちゃん！」

おすえが慌てて目まじする。

おけいはしまったとばかりに首を竦めた。

「なに、道玄さまがついてるんだもの、大船に乗ったつもりでいればいいんだよ。そうだ！　焼芋が焼き上がったばかりなんだよ。皆、食べるかえ？」

「うん、食べる！」

「あたちも！」

「おや、元気のよい返事だこと！　じゃ、おばちゃんに持ってってもらうから座敷に上がって待ってな。じゃ、おばちゃん、あたしはこれで……」

「えっ、もう帰るのかえ？　けど、そうだね。あんまし長く引き留めてたんじゃ、おたみさんから大目玉を食らっちまう……。そうだ、おけいちゃん、焼芋を持って行くといいよ。およしちゃんにも言ったんだけど、今日は壺開きだからお代を貰おうとは思っていないからさ。皆の小中飯に好きなだけ持って行くといいよ！」

「おかたじけ！　けど、現在《いま》は太作さんたちがいないから、五本でいいよ」

「五本なんて吝嗇《けち》なことを言わないで、十本持って行きなよ。お涼さんとお蓮《れん》さんを含めて五人だろ？　一人が二本ずつでもいいし、余るようなら佐吉《さきち》さんや、それこそ太作や竜次《たつじ》たちが来たら食べさせてやるといいよ。冷めたら、食べる寸前に長火鉢《ながひばち》で温めればいいことなんだからさ」

「けど、それじゃ悪いじゃないか……」

「何言ってんだよ！　馳走するのは今日だけだ。明日《あした》からはしっかりお代を頂《いただ》きますからね」

「だって、おばちゃんは毎日猫字屋の夕餉の面倒を見てくれてるじゃないか。そのうえ、焼芋までただで貰ったんじゃ、いかになんでも甘えすぎだもの……」

「てんごうを！　おけいちゃんはおたみさんが夕餉のお菜代《さいだい》として無理矢理お金を置いていくのを知らないんだろ？　要《い》らないって言っても、ほら、あの女《ひと》ったら一旦《いったん》言い出したら聞かないからさ……。けど、お陰で、うちも助かってるってもんでね。亭主なんて、猫字屋のお陰でうちの食膳《しょくぜん》が潤《うるお》うと大悦《おおよろこ》びでさ……」

「おっかさんがそんなことを……」

おけいの胸がポッと温かくなった。

恐らく、当初はおすえの厚意であったであろう行為を、おたみが番太郎の生活《たつき》がいくらかでも楽になればと、嫌味《いやみ》と受け取られないように、お菜代という形を取ったのに違いない。

正《まさ》な話、およしが紅藤に戻ってしまうと猫字屋はおたみとおけいの二人で廻《まわ》していかなければならず、夕餉《す》の仕度まで手が廻らない。

それを、おすえが助けてくれるというのだから願ってもないことで、おすえにしても、これなら気を兼ねることなく金を受け取れるのである。

「解っただろう？　だったら、遠慮しないで焼芋を持って行くんだね。ほら、熱々《あつあつ》だよ！」

おすえが反古紙《ほごし》で作った紙袋に焼芋を入れてやる。

おけいは前垂《まえだ》れにくるむようにして紙袋を受け取ると、じゃあね、いい子にしてるんだよ！　と子供たちに声をかけて猫字屋に戻って行った。

「さあさ、おまえたち、座敷に上がった、上がった！　今、おばちゃんが焼芋を持ってってやるからさ」

おすえに鳴り立てられ、子供たちが怖《お》ず怖ずと居間に上がって行く。

「さあ、お食べ。おや、どうしちまった……。嫌だねえ、借りてきた猫みたいに鯱《しゃちこ》張《ば》っちまってさ。自分ちだと思って楽にしていいんだよ」

おすえが長火鉢の前で硬くなった子供たちに目まじすると、焼芋を手に握らせる。

「熱いから気をつけるんだよ。ほら、こうして半分に割って、皮を剝いて、フーフーしてさ」

おすえが手本を見せてやる。

竹次郎がおすえに倣《なら》い、焼芋を頰張《ほおば》ると、熱《あち》イ、と首を竦める。

「ほれごらん。気をつけなと言っただろうに……。さっ、お梅ちゃんはこれをお上がり。おばちゃんがフーフーしといたからさ」

お梅は嬉《うれ》しそうにニッと笑うと、焼芋を口に運んだ。

「美味《うま》いかえ?」

お梅がこくりと頷く。

その姿に、おすえの胸がじんと熱くなった。

おくみにも、こうしてフーフーして食べさせてたっけ……。

おくみが死んで、はや九年……。

生きていれば十四歳と、死んだ子の歳《とし》を数えても仕方がないのだが、おすえの脳裡《のうり》には、現在《いま》も五歳で水死したおくみのあどけない姿が焼きついている。

「お梅ちゃんは幾つだっけ？」

お梅は答える代わりに、指を三本立ててみせた。

「そう、三歳なの……」

「おいらは四歳だよ。あんちゃんは六歳！」

竹次郎が鼻柱《はなばしら》に帆《ほ》を引っかけたように言う。

「そうかえ。こんなによい子を三人も持って、おとっつァんは幸せ者だね。で、おっかさんはあれきり……」

おすえは言い差し、慌てて言葉を呑んだ。

子供たちの前で、母親のことを持ち出すのはいかになんでも軽率すぎた……。

ところが驚いたことに、それまで口を開こうとしなかった松太郎が顔を上げ、おっかさんは死んだよ、と平然とした顔で呟いたのである。

死んだって……。

おすえは呆然《ぼうぜん》としたように松太郎を見た。

得次郎の女房お阿木《あき》が死んだとは初耳だった。

伊之吉の口からもそんなことは一度も聞いたことがないし、第一、お阿木が死亡したのであれば、人別帳《にんべつちょう》にそう記載されているはず……。

お阿木の失踪《しっそう》から二年が経《た》ち、現在《いま》では人の記憶の中から消えかけているといっても、亡くなったのであれば、人の口端《くちは》に上《のぼ》ってもよいはずである。

「松坊、おっかさんが死んだと誰から聞いたの？」

「おとっつァん」

あっと、おすえは息を吞んだ。

では、得次郎は子供たちに母親は死んだと伝えていたのであろうか……。

「おっかさんて？」

お梅が松太郎の顔を覗き込む。

おすえの胸が再び熱くなった。

可哀相に、お梅には母親の記憶がないのである。

それもそのはず、お阿木が姿を消したのは、お梅が一歳のとき……。

その意味では、当時二歳だった竹次郎も同様で、事実、竹次郎は母親の話が出ても一向に関心を払おうとせず、夢中で焼芋に食らいついているではないか……。

おすえは話題を変えようと、取ってつけたような笑《え》みを頰に貼《は》りつけた。

「中食《ちゅうじき》は何がいいかな？　おばちゃん、うんと美味いものを作ってやるからさ！」

中食という言葉に、竹次郎がパッと目を輝かせる。

「本当に、なんでもいいの？」

「ああ、いいよ。竹坊は何を食べたいのかな？」

「うーん。おいらね……、おいらね……。饂飩《うどん》を食いてェ！」

「おや、饂飩でいいのかえ？　お安いご用だ。そうだ、卵や蒲鉾《かまぼこ》、椎茸《しいたけ》、油揚《あぶらあげ》といった具を一杯入れた、人情ほかほか饂飩ってのを作ってやろうね」

「人情ほかほか饂飩って？」

「とにかくさァ、食べると人の優しさが伝わってくる、ほかほかとした具沢山饂飩《ぐだくさんうどん》なのさ。頰《ほ》っぺが落っこちそうになるくらい美味いからさ、期待していておくれ」

いつだったか、喜三次《きさんじ》や佐吉が居酒屋お多福《たふく》の女将おてるが作る人情ほかほか饂飩のことを噂していた。

ささくれだった心も癒《い》やしてくれるという、人情ほかほか饂飩……。

これほど、現在《いま》の三人の子供、殊《こと》に松太郎に相応《ふさわ》しい中食はないように思えたのである。

伊之吉が帰って来たのは、七ツ（午後四時）近くであった。

「それで、得さんの容態《ようだい》はどうなのさ」

おすえは居間の隅《すみ》に敷《し》いた蒲団《ふとん》で眠る三人の子をちらと横目に見て、気遣《きづか》わしそうに伊之吉に訊ねた。

「おっ、よく眠ってるじゃねえか……。それがよ、あれからが大変《てえへん》だったのよ。道玄さまが言われるには、思った以上に深手とかでよ……。おまけに、折れた匕首の切っ先が腹部に残っていたもんだから、急遽《きゅうきょ》、あの場で施術ということになってよ。脾臓《ひぞう》にまで達していなかったのが幸いしたらしいが、傷を縫合《ほうごう》しねえことには血が止まらねえ……。道玄さまが言ってたぜ。おめえのあんまし切羽《せっぱ》詰《つ》まった顔を見て、これはもしかするとと思い代脈を連れて来てよかった……、縫合しねえまま八丁堀まで連れ帰っていたならば、診療所に戻った頃には息絶えていたかもしれねえと……」

伊之吉は蕗味噌を嘗めたような顔をした。

「あの場で施術って……。じゃ、大変だっただろうに……」

「ああ、俺も湯を沸かしたり血に染まった晒しや手拭を洗ったりと、大変《てえへん》な思いをしたんだけどよ。得さんがよく堪《た》えてくれたものよと感心してよ」

「じゃ、助かったんだね？」

「現在《いま》のところはな……。けど、道玄さまが言われるには、決して予断を許さねえそうだ。傷口がちゃんとついてくれればいいが、化膿《かのう》することも考えなくちゃならねえからよ。それに、問題《もんでえ》は高熱でよ。このまま下がらなければ、生命《いのち》に関わることになりかねねえ……」

おすえが不安の色も露《あら》わに、子供たちに目をやる。

この子たちのためにも、何が何でも得次郎には生きていてもらわなければ……。

「それで、現在《いま》、得さんは？」

「診療所から代脈や下男がやって来て、大八車に乗せて運んで行ったよ。暫《しばら》くは目が離せねえ状態なんで、診療所で預かるそうだ。で、子供たちのことなんだがよ。道玄さまが言われるには、ここで暫く預かってくれるわけにはいかねえかと……」

伊之吉が探《さぐ》るような目でおすえを窺《うかが》う。

「ここで？」

「一人っていうのならまだしも、やっぱ、三人も預かるのは無理かな？」

おすえはムッとしたように伊之吉を睨《にら》みつけた。

「おまえさん、何年あたしの亭主をやってるんだえ？　あたしが一人ならまだしも、

三人の子は預かれないと言うとでも思ってるのかえ！　てんごう言うのも大概《たいがい》にして
くんな！　一人預かるのも三人預かるのも、さして違いはしないんだ。それにさ、そ
れでなくても心細い想いをしているこの子たちを、離れ離れにさせるわけにはいかな
いじゃないか。ああ、よいてや！　あたしが三人の子を預かろうじゃないか。おもん
ちゃんを預かったときのことを思えば、この子たちは独りっきりじゃないんだ。幼い
ながらも兄妹《きょうだい》が支え合ってる姿を見るといじらしくてさ……。あたしも一時《いちどき》に三人の
子が出来たと思うと、こんなに嬉しいことはないさ」
「おすえ、よくぞ言った！　それでこそ俺の女房だ。口が増えれば出る金も増えるだ
ろうが、なんとか遣《や》り繰《く》りしてくれねえかな」
「何言ってんのさ！　あたしを無礼《なめ》てもらっちゃ困るよ。あたしがなんのために針仕
事をしたり、手内職をしていたと思ってるんだえ？　いつ何が起きても困らないよう
にと細金《こまがね》を貯めてきたのは、こんなときのためじゃないか！」
おすえがポンと胸を叩いてみせる。
「おっ、おめえ、へそくってたのかよ！」
「ああ、へそくってたさ。へそくってて悪いかえ？」
「いや、別にそういう意味じゃ……」

おすえがふふっと鼻で嗤《わら》う。

「けど、言っときますが、おまえさんにあたしのへそくりを当てにしてもらっちゃ困るからね！　あたしが細金を貯めてきたのはこんなときのためで、おまえさんに無駄《むだ》金《がね》を遣《つか》わせるためじゃないんだからさ」

「解ってらァ……。ふン、何が無駄金だよ。無駄金を遣おうにも、番太郎なんて年中三界暇なしときた……。しかも、町から手当を貰っている手前、外でどろけん（泥酔）になることも出来ねえんだからよ」

伊之吉が糞忌々《くそいまいま》しそうな顔をする。

おすえはくくっと肩を揺《ゆ》すると、仏壇に供《そな》えた小菊を指差す。

「ほら、あれをごらん。今日はなんの日か知ってるかえ？」

「あれって、小菊じゃねえか。今日がなんの日かだって？　はて……」

「これだよ……。今日は重陽じゃないか！　今朝、およしちゃんが坂本町の紅藤から小菊をこんなに持って来てさ」

おすえが両手を広げてみせる。

「紅藤の旦那がおたみさんに持ってけと言ったんだってさ！　それで、うちもお裾分《すそわ》けに与《あずか》ったんだけど、菊酒に使う菊も取ってあるからさ。今宵は栗飯と菊酒だよ。そうだ、こんなことをしている場合じゃなかったんだ……。早いとこ、栗飯の仕度をしなくっちゃ！　今宵は栗飯と秋刀魚《さんま》の塩焼に大根《だいこん》と油揚の煮物《にもの》だよ。あっ、そっか……。うちとお隣の分で、秋刀魚は五匹しかなかったんだ。まっ、いいか……。男のおまえさんと佐吉さんが一匹ずつで、女ごと子供は半匹で充分だ。他にお菜がないわけじゃなし、栗飯だけでも立派に重陽の馳走だもんね」

おすえが誰に言うともなく独りごち、厨《くりや》へと入って行く。

伊之吉は子供たちに目をやった。

松太郎が前後を忘れて眠っている。

やはり、昨夜はまんじりともしなかったのであろう。

そう思うと、伊之吉は切《せつ》なさで胸がはち切れそうになった。

この子たちが目覚めたら、父親《てておや》のことをなんと話せばよいのであろう……。

そして、厄介《やっかい》なことがもう一つ……。

得次郎のことで、遂《つい》に町方が動き始めたのである。

結句、得次郎が何者かに刺されたことを隠し徹《とお》すことが出来なかったということ……。

と言うのも、鈴江道玄が代脈まで連れて得次郎の部屋を訪れたのであるから、裏店の住人に得次郎がただの風邪で臥《ふ》しているのではないと知らせたのも同然……。間髪《かんはつ》を容《い》れず大家の次郎左衛門が駆けつけ、続いて銀造《ぎんぞう》親分と下っ引きの松助《まつすけ》と文《ぶん》治《じ》が現れ、なんと、照降町の自身番からは喜三次までがやってきたではないか。

案の定、伊之吉は何ゆえ昨夜のうちに届け出なかったのかとこっぴどく絞られ、真夜中だったので朝になって届け出ようと思っていたと釈明すると、それが下種《げす》の後知《あとぢ》恵《え》というもので、おめえのせいで得次郎の生命《いのち》が縮まりかけたではないかと叱咤《しった》されたばかりか、朝になって届けようと思ったのであれば、何ゆえ今朝、書役さんに報告しなかったのかと、まるで伊之吉が罪を犯《おか》したかのような物言いをされたのだった。

そこに助け船を出してくれたのが、喜三次である。

「恐らく、伊之さんは得次郎に口止めされていたのだろうて……。それで、これには何か深《ふけ》ェ理由《わけ》があると、そう伊之さんは読んだのよ。だってそうだろう？　ごろん坊に絡《から》まれたのだとすれば、得次郎は隠し立てすることはねえ……。見知らぬ奴に刺されたのだとしても、いつどこでどんなふうにして刺されたのか、相手の年恰好《としかっこう》や風体《ふうてい》を教えることとくれェは出来るからよ。それによ、几帳面《きちょうめん》な得次郎にはまかり間違っても悪事に手を染めることは出来ねえ……。そうなると、得次郎が誰かを庇《かば》っているとしか考えられねえだろ？　だったら、無理に聞き出すよりも、得次郎の願い通りにそっとしておいてやりてェと……。なっ、伊之さん、そうだよな？」

どうやら喜三次の言葉には説得力があったとみえ、銀造がうむっと腕を組んだ。

「確かに、言えてらァ……。だがよ、得次郎が言いたくなくても、刃傷沙汰《にんじょうざた》となれば手を拱《こまぬ》いてはいられねえからよ。まっ、現在《いま》は無理としても、追々、得次郎の口から聞き出すまでよ。それによ、まだ得次郎が助かるとは限らねえ……。万が一、このまま仏にでもなってみな？　人を殺《あや》めた奴を野放しにしておくわけにはいかねえからよ！」

このまま仏にでもという言葉に、伊之吉は縮み上がった。

そうならないとも限らないのである。

もしかして、昨夜のうちに得次郎を道玄さまに診せていたならば、ここまで予断を許さない状態に陥《おち》らなかったのではあるまいか……。

そう思うと、居ても立ってもいられない気持になった。

下種の後知恵……。

ああ、やっぱ、そうなのかもしれねえ……。

得次郎のためにと思ってしたことが、逆に生命《いのち》を縮めさせることになり、三人の子が孤児《みなしご》にでもなったら……。

「だがよ、起きたことはしょうがねえ。現在《いま》は、いっときでも早く得次郎が恢復《かいふく》するように祈るよりほかねえからよ」

銀造はそう言い、下っ引き二人を連れて照降町界隈《かいわい》へと散っていった。

昨夜、何か変わったことはなかったか、虱潰《しらみつぶ》しに聞き込みをするつもりなのであろう。

「餅《もち》は餅屋《もちや》……。まっ、親分たちに委《まか》せておくんだな。けど、水臭《みずくせ》ェぜ。せめて俺だけにでも、ちょいと耳打ちしてくれればよかったものを……」

喜三次が伊之吉の脇腹をちょいと小突いた。

今朝のことを言っているのであろう。

「へっ、申し訳ねえこって……」

伊之吉は恐縮《きょうしゅく》したように肩を竦めた。

そんなことがあったばかりとあって、伊之吉はくさくさしたまま木戸番小屋に戻って来たのであるが、おすえが快《こころよ》く三人の子を預かることを承諾してくれ、ほっと息を吐いたのだった。

昏々《こんこん》と眠りにつく子供たち……。

親が生死の境を彷徨《さまよ》っているというのに、無邪気《むじゃき》な寝顔を見せる子供たちを見ていると、いつしか伊之吉の目に涙が溢《あふ》れていた。

「おやっ、おまえさん、涙なんか流しちゃって……。嫌だァ……、おまえさんが泣くと、あたしまで哀《かな》しくなっちまう……。大丈夫だよ！　得さんはきっと元気になるさ。そう思って、あたしたちはあたしたちに出来ることをしようじゃないか。得さんの大切な子を三人も預かってるんだもの、くさくさなんてしていられない！　きっと良いことがあると思って、前を向いて歩くしかないんだよ」

「ああ、そうだな」

「じゃ、あたしは猫字屋に夕餉のお菜を届けて来るから、後を頼んだよ！」

「ああ……」

「ああじゃないよ。猫に秋刀魚をかっぱらわれないように、ちゃんと見張っててくれなきゃ困るんだからね！」

　おすえは威勢のよい声を出すと、厨から出て行った。

　おすえが猫字屋を覗くと、結床の片づけをしていたおたみが、慌てふためいたように傍に寄ってきた。

「聞いたよ。大変なことになったんだってね。うちでも今日はその話で持ちきりでさ……」

「じゃ、もう人の口端に上ってるのかえ……」

おすえが眉根を寄せる。

おすえの声を聞きつけ、おけいも廚から顔を出した。

「嫌だ、おばちゃん、誤解しないでよ。あたしが喋ったんじゃないからね」

おけいが気を兼ねたように、上目におすえを窺う。

「いや、それがね……。此《こ》の中《じゅう》、うちの常連となった下絵師《したえし》の菱川瑞泉《ひしかわずいせん》って男《ひと》がさ、得さんと同じ時雨店なんだよ。なんでも、菱川さんが出掛けようと部屋を出たところ、得さんの部屋の前に人溜《ひとだまり》が出来ていたというのさ……。それで何があったのだろうかと女《おな》ごたちを摑まえて訊ねたところ、得さんが何者かに刺されて生死の境を彷徨っているというじゃないか……。いえね、菱川さんが得さんの部屋を覗いたときには、得さんは既に八丁堀に運ばれた後だったんだけどさ。だから、女ごたちが言っていることがどこまで本当のことか判らないんだけどさ……。皆、好き勝手なことを言っているだけかもしれないからね。なんせ得さんが何も喋ろうとしないというんだから、誰にどうして刺されたかなんて判りっこない……。判っていることは、ただ一つ……。三人の子供たちが取り残されたってことだけでさ。そうだ！　おけいから聞いたんだけど、得さんちの子をおまえさんが預かってるんだって？」

「そうなんだよ。暫く預かることになってさ」

「暫くって……。えっ、じゃ、今日だけでなく、得さんの身体が元に戻るまでずっとってことかえ？」

　おたみが目を瞬《しばたた》く。

「だって、近くに親戚《しんせき》でもいるというのならともかく、時雨店の大家にも心当たりがないというんだもの……」

「けど、三人も預かるなんて、大丈夫かえ？　と言っても、おまえさんも知ってるように、うちもおよしが嫁に行っちまってからは人手が足りなくて、天手古舞《てんてこま》いだからさ。三人のうち一人でも預かってやるとおまえさんも助かるだろうに、そうもいかなくてさ……」

「なに、大丈夫さ。一人預かるのも三人預かるのも同じでさ。それに、現在《いま》、あの兄妹を引き離すのは不憫《ふびん》じゃないか……。おとっつァんがあんなことになり、それでなくても心細い想いをしているというのに、その上、兄妹がばらばらにされてみな？

想像するだけで身の毛が弥立《よだ》っちまう……。それにさ、他人の子を預かるのは初めてじゃないしさ。おもんちゃんを預かったときのことを思えば、此度《こたび》は兄妹だろ？ あの子たちもさほど寂《さみ》しい想いをしないのじゃなかろうかと思ってさ。なんだえ、おたみさん、そんな顔をしちゃってさ……。おまえさんだって佐吉さんやおけいちゃんを預かったばかりの頃言ってたじゃないか！ 生さぬ仲の子を三人も育てるのは大変だろうと他人《ひと》は言うけれど、一人育てるのも三人育てるのも同じこと、血が通っていないといっても、親子の絆《きずな》なんてものは育てていく中で深まり、悦びや哀しみの中から情が湧《わ》いてくるのだと……。憶《おぼ》えていないとは言わせないよ」

おすえに睦められ、おたみが苦笑《にがわら》いをする。

「そうだったね……。確かに、あたしはそう言った。じゃ、もう何も言わないよ。但し、あたしやおけいの手を必要とするようなら言っておくれ。日中、およしがいてくれるときなら、おけいをちょいと隣まで走らせることなんて造作《ぞうさ》ないことなんだからね」

「ああ、そうさせてもらうよ。じゃ、おけいちゃん、ほら、これが今宵のお菜だよ。秋刀魚が一匹のほうを佐吉さんに、悪いけど、おたみさんとおけいちゃんは半匹ずつで勘弁《かんべん》してくれないかえ？ なんせ、急なことで間に合わなかったもんでね」

おすえが諸蓋《もろぶた》から、栗飯の入った竹製のお櫃《ひつ》や皿に載《の》せた秋刀魚、大鉢《おおばち》に盛った大根の煮物を取り出す。

「いつも済まないねえ……。あっ、そうだ！　おすえさん、ちょいと待っていてくれないかえ」

おたみがそう言い、茶の間へと入って行く。

「それで、あの子たちは現在《いま》どうしているの？」

おけいが訊ねる。

「あたしが出て来るときにはまだ眠っていたけど、今頃は目を醒《さ》ましているかもしれないね。可哀相に、子供ながらも夕《ゆん》べはやっぱり気を張っていたんだろうね。中食を食べると三人ともぐっすり……。亭主の話じゃ、上の子なんて夕べは殆《ほとん》ど眠っていなかったそうだからさ」

「けど、可愛《かわい》いよね。三人がそれぞれに性格が違っていてさ。上の松坊は何か大変なことが起きたのだと薄々《うすうす》気づいているみたいだけど、真ん中の竹坊ときたら……。屈託《くったく》がないというか人懐《ひとなつ》っこくて、思ったことはなんでも口に出しちまう……。四歳の子供だもの、それが当然なんだけど、そう思うと、松坊が何かを懸命《けんめい》に堪《こら》えようとしているのがいじらしくてさ……」

おけいがしみじみとした口調で言う。

「おけいちゃんもそう思うかえ？　あたしもさァ、あの子がおとっつァんを思い遣り、自分はお兄ちゃんなんだからと肩肘《かたひじ》を張っている様子が痛々しく思えてさ……。その点、末のお梅ちゃんはまだ何も解らないものだから、ただただ愛らしいだけ……」

「おばちゃん、おくみちゃんのことを思い出したんだろう？」

「ああ……。おくみが死んだのは五歳のときだったからね」

「そう言えば、どこかしら、お梅ちゃんの面差《おもざ》しって、おくみちゃんに似ているよね？」

おすえの胸がきやりと揺れる。

「そうかしら？　嫌だ、随分《ずいぶん》昔のことだもの、忘れちまったよ」

「ううん、似てるよ。二重瞼《ふたえまぶた》の目の辺りなんて瓜割四郎《うりわりしろう》だよ！」

そこに、おたみが戻って来る。

「えっ、誰が瓜割四郎だって？」

「得次郎さんの末の娘お梅ちゃんがさ、おすえさんの娘に似てるって言ってたんだよ。おっかさんはまだあの娘《こ》を見ていないけど、見たら、おっかさんだってそう感じると思うよ。目の辺りがね、まるで生まれ変わりかと思うほど似てるんだ！」

「へえェ、そうなのかえ……。じゃ早速《さっそく》、明日にでも見てみなきゃね。それでさ、おすえさん、少ないんだけど、これはあたしの気持だ……。いえ、妙な勘繰《かんぐ》りをしてもらっちゃ困るよ。本当は、あたしもあの子たちのために何かしてやりたいんだけど、何しろ猫字屋はこんな状態だろ？　それで、おまえさんに何もかもを引っ被《かぶ》ってもらわなきゃなんないんだが、せめてあの子たちの掛かり費用をあたしにも助《す》けさせてもらいたくてさ。ねっ、そうさせておくれよ。それでなきゃ、あたしもおけいも、ここでおちおちと客の髷《まげ》を結《ゆ》っていられないからさ……。それにさ、偉そうにいっぱし口を利《き》いたところで、大して入ってるわけじゃないんだ。だから、あたしの顔を立てると思って、気を兼ねることなく受け取ってくれないかえ？」

おたみがおすえに懐紙《かいし》に包んだ金を握らせる。

「おたみさん、おまえ……」

「いいからさ、早く仕舞《しま》いなよ。一日二日なら、あたしも余計な差出はしないさ。けど、得さんの現在《いま》の様子じゃ、先が読めないんだからさ……。照降町のことは照降町の皆で支え合っていかなきゃなんないんだからね。取り敢《あ》えず、おまえさんとあたしとであの子たちを支え、長引くようだと、また皆で力を出し合えばいいんだからさ」

おたみがおすえの目を瞠め、いいね？　と目まじする。

「解った。じゃ、そうさせてもらうよ」

　おすえが照れ臭そうに肩を竦める。

「正な話、助かったよ。いえね、あたしにだって多少のへそくりはあるよ。万が一のときのために、亭主に内緒でこつこつ細金を貯めてきたからね。けど、それをすべて吐き出しちまったら後がないもんだから、心細くてさ……。まったく、おたみさんには敵《かな》わないよ。あたしが何も言わないのに、ちゃんと腹ん中まで見透《みす》かしてるんだもの……。済まないね。ホント、いつも感謝してるんだよ」

「感謝なんて止《よ》した、止した！　さっ、早く帰ってやんな。子供たちがお腹を空《す》かせて待ってるだろうからさ」

　おたみがあっけらかんとした口調で言う。

「そうだった！　すっかり長話をしちまった……。やれ、帰ったら、亭主に大目玉を食らっちまう。なんせ、猫に秋刀魚をかっぱらわれないように見張っときなと言って出て来たんだからさ」

「猫？」

　おすえの言葉に、おたみとおけいが慌てて見世《みせ》の中を見廻《みまわ》す。

　黒猫のクロヤは猫用のお座布団《ざぶ》の上で丸くなっていた。

おたみとおけいが顔を見合わせ、ぷっと噴《ふ》き出す。

おすえまでが、つられて声を上げて笑っていた。

3

植木職人の太作が猫字屋の油障子をガラリと開け、待合《まちあい》で煙草屋《たばこや》のご隠居と将棋《しょうぎ》を指していた左官の竜次《たつじ》を手招きする。

「竜、見なよ！　今、木戸番小屋の前で遊んでいるあの餓鬼な、あれが得さんの息子だぜ」

太作に言われ、竜次がおっと腰を上げかける。

すると、隣に坐《すわ》った翁屋《おきなや》のご隠居が、その膝《ひざ》をぐいと押さえ込んだ。

「止しなさい。見世物《みせもの》ではありません。子供は遊ぶのが仕事ですからね。そうっとしておいてやることです」

傘職人作次《かさしょくにんさくじ》の髷を結っていたおけいが、鋭い目をして太作を睨みつける。

「そうだよ！　太作のこの猪牙助《ちょきすけ》が！　頑是《がんぜ》ない子を相手に、目引き袖引きしてどうすんのさ。解ったら、とっとと障子を閉めて上がんなよ！」

「おっ、おっかねえ……。なんでェ、その口の利き方は！　それが四十路《よそじ》を過ぎた男を摑まえて言うことかよ。まったく、年々おたみさんに似てきやがってよ。良いところが似るのならまだしも、男勝《おとこまさ》りなところだけが似てるんだから始末に悪《わり》ィや！」

太作がぶつくさと繰言《くりごと》を言いながら待合に上がって来る。

「なんだって！　あたしが男勝りだって？　ああ、そうだよ。男勝りでないと、おまえたちひょうたくれを相手に髪結床《かみゆいどこ》なんてやっていけないからね。気に入らなきゃ帰っとくれ！」

結床のほうから、おたみが鳴り立てる。

「けっ、聞こえてやんの……。まったく、あの地獄耳《じごくみみ》には敵わねえ……」

太作は肩を竦めると、竜次の隣で胡座《あぐら》をかいた。

「けどよ、今日でもう一廻《ひとまわ》り（一週間）だろ？　小耳に挟《はさ》んだ話じゃ、得さんの容態があんまし芳《かんば》しくねえとか……」

「太作、どこでそれを聞いた？」

煙草屋のご隠居が眉根を寄せる。

太作はほい来たとばかりに仕こなし顔をした。

「下っ引きの松助から聞いたんだがよ。銀造親分ばかりか佐伯《さえき》さままでが、得さんの口から何か聞き出せねえものかと連日診療所を訪ねるんだが、得次郎の奴、何を聞かれても貝のように口を閉じちまってよ。しかも、あんまし執拗《しつよう》に問い詰めると、四半刻《しはんとき》（三十分）もしねえうちに高熱を出すそうでよ……。そのため、此の中、親分が訪ねると、道玄《どうげん》さまがいい顔をしねえそうでよ。常なら、そろそろ容態が落着いてもよさそうなものが、相も変わらず薄氷《はくひょう》を踏むような按配《あんばい》なんだとよ」

「では、得次郎さんが誰に刺されたのか判らないままだと……」

翁屋のご隠居が苦虫《にがむし》を嚙み潰《つぶ》したような顔をする。

「だが、本人が言いたくないのであれば、無理に聞き出すこともないのではありませんか？　だってそうではないですか。得次郎さんが何か事件に巻き込まれたとか、悪事に手を染めたという事実はないのですからね。だったら、得次郎さんの怪我は偶発的なものと考えるのが筋ではないでしょうか……」

待合の壁により掛かり、将棋を指す竜次やご隠居を生写《しょううつ》ししていた、菱川瑞泉が割って入ってくる。

「偶発的とは……」

太作が訝《いぶか》しそうな顔をする。

「たまたま起きてしまったという意味ですよ」

翁屋のご隠居がそう言い、身を乗り出す。

「では、菱川さんは得次郎さんが予期せずたまたま刺されたというのですな？　けれども、それなら何故《なぜ》、誰にどういった状況で刺されたと言わないのでしょう」

「これはあたしの推測ですが、得次郎さんを刺したのは顔見知りで、それもかなり親しい間柄……。恐らく、得次郎さんはその者を庇っているのではないでしょうか……」

「……」

「……」

誰もが言葉を失った。

「親しい間柄で、得さんが庇う相手とは……」

「得さんに庇わなきゃなんねえ奴がいるかよ？」

太作と竜次が首を傾げる。

「あたしは得次郎さんのことをあまり詳《くわ》しく知りませんからね」

「あたしだって知りませんよ。腕のよい簪師というだけで、第一、あの男に三人の子がいたことすら、此度、初めて知ったほどですからね」

　翁屋のご隠居と煙草屋のご隠居が、顔を見合わせる。

「土台《どだい》、得さんという男は石部金吉金兜でよ。仕事は出来るが面白くもおかしくもねえ奴だ。それに、誰かと親しく付き合っているという話も聞かねえしよ……」

「太作の言うとおり！　だから、女房に逃げられちまったんじゃねえか……」

　竜次がそう言い、何やら思いついたようで、あっと太作を指差す。

「太作、それだよ！」

　太作も何か思い当たったとみえ、あっと竜次を指差す。

「得さんの女房だ！　違《ちげ》ェねえ……」

「待って下さいよ。あたしには一向に話が見えないのですが、おまえさんは？」

　翁屋のご隠居が煙草屋のご隠居を窺う。

　いやっと、煙草屋のご隠居が首を横に振る。

　すると、太作が鬼の首でも取ったかのような顔をした。

「得さんの女房ってェのは、あの堅物《かたぶつ》には勿体《もったい》ねえほどのぼっとり者でよ。得さんと所帯を持ったときには、周囲《まわり》の者が一体《いってえ》どこからあんな美印《びじるし》（美人）を見つけてきたんだろうかと首を傾げたほどでよ。それこそ、遊里や水茶屋には縁のねえ得さんのことだ。其者《それしゃ》（水商売）でねえことは判るんだが、口重な得さんのこと、訊いたところで根から葉から喋るもんじゃねえ……。ところが風の便りに、女ごが得さんの弟の情《い》婦《ろ》だったことが判ってよ。この弟というのがごろん坊もいいところ……。野暮に生きる兄貴と違って、強請《ゆすり》まがいなことをしてみたり、丁半場《ちょうはんば》（賭場《とば》）の走《ぱし》りをしてみたりと、業晒《ごうさらし》な身の有りつきをしていたんだが、これが見てくれのよい、なかなかの雛《ひな》男《おとこ》でよ。女ごは弟にぞっこんだったというのよ。ところが、あるとき賭場の手入れがあって、得さんの弟は人足寄場《にんそくよせば》送りとなった……。そのとき、女ごの腹の中にいたのが松太郎でよ。得さんは身重《みおも》の女ごを引き取った。まともに労役《ろうえき》を務めれば、三年で娑婆《しゃば》に戻って来られるからよ。それで、得さんはそれまで弟の代わりに生まれてくる子の父親《てておや》になってやろうと思ったのに違《ちげ》ェねえ……」

「そう、そうなんだよ。ところが弟というのが血の気の多い男で、年季が明けようってときになり、寄場で刃傷沙汰を起こしちまってよ。三年で放免になるところが、更に延びた……」

竜次が太作に取って代わり、訳知り顔に言う。

「ほう、すると、弟のご放免が延びたがために、得次郎さんとその女ごが本物の夫婦《めおと》となったというんだね？」

翁屋のご隠居が、それでやっと帳尻《ちょうじり》があったとばかりに頷く。

「なに、男と女ごのことだ。一つ屋根の下で暮らしてりゃ、いつ鰯煮《いわしに》た鍋《なべ》（離れがたい関係）となったところで不思議はねえからよ……。とにかく、下の竹次郎とお梅は間違《まちげ》ェなく得さんの子よ」

「太作、それは解った。だがよ、そのことと得次郎の女房が姿を消したということになんの関係が……。あっ、そうか、弟が人足寄場から出て来たということなのかえ？」

煙草屋のご隠居が目を瞬く。

「いや、弟が娑婆に戻ったから女房が消えたというわけでもねえんだ。俺たちも得さんの女房が姿を消したとき、一等最初にそのことを疑ったからよ。ところが、銀造親分が調べたところ、得さんの弟は竹次郎が生まれた直後にご赦免となっていた……。なっ、これが何を意味すると思う？　つまりよ、弟は娑婆に戻ってからも、兄貴や女ごの前に姿を現そうとしなかったってことでよ。その後、お梅が生まれたわけだし、俺たちゃ、得さんの女房の失踪と弟は関係ねえことと、今の今まで思っていたのよ」

太作が仔細《しさい》ありげな顔をして、全員を見廻す。

「ほう。では、二年前になって、突然、弟が姿を現したとおまえさんは言うんだな？」

　瑞泉が生写し帳を放り出し、膝行《いざ》るようにして寄って来る。

　どうやら興味津々《きょうみしんしん》といったこの顔を見ると、生写しをするより痴話話《ちわばなし》のほうがよほど面白いとみえる。

「あたしは深川の芸者置屋に生まれましたからね。こういったびり沙汰は耳に胼胝《たこ》が出来るほど聞いていましたが、成程、そう考えると符帳《ふちょう》が合いますな」

「では、菱川さんも得次郎さんの女房が弟の許《もと》に走ったと……」

　翁屋のご隠居が信じられないといった顔をする。

「まあ、そう考えるのが筋でしょうな」

「けど、得次郎さんとの間には子がいるんですよ。しかも、松太郎まで我が子として育てているというのに……。そりゃ女ごは得次郎さんより弟のほうに惚《ほ》れているのかもしれませんよ。だが、子は自《みずか》ら腹を痛めた子ではありませんか！　惚れた男の許に走るといっても、母親が子を蔑《ないがし》ろにしてまでそんなことをするでしょうか」

　翁屋のご隠居はどうにも納得がいかないとみえ、頻《しき》りに首を捻《ひね》る。

「ご隠居はそう思うかもしれねえが、ところがいるんだな、こういう手合《てあい》が……。愛欲《あいよく》に目が眩むと、何をしでかすかしれねえ女ごがよ」

太作が仕こなし顔をする。

「太作、利いたふうなことを！　じゃ、おまえさんは得次郎さんの女房が、いや、弟かもしれないが、そのどちらかが得次郎さんを刺したとでもいうのですか？　おまえさんが言っているのは推論《すいろん》であって、なんら根拠《こんきょ》のないことなんですからね！」

翁屋のご隠居がムキになって、顔を赤らめる。

「俺ャ、別にそいつらが刺したとまでは……。ただ、得さんが誰かを庇って口を割らねえのじゃねえかと菱川さんが言うもんだから、それで、得さんが庇うとしたら、女房か弟くれェしかいねえと思ってよ……。なっ、竜、おめえだってそう思ったんだよな？」

太作はしどろもどろである。

すると、結床からおたみが険《けわ》しい顔をして出て来た。

「おまえたち、いい加減《かげん》にしな！　黙って聞いてりゃ野鉄砲《のでっぽう》（言いたい放題）ばかり……。得さんのことを噂するのはいいさ。けどよ、口に悪を持った言い方をするのだけは許さないからね！　現在《いま》、一番辛《つら》い想いをしているのは得さんであり、子供たちなんだよ！　得さんはさァ、身体の傷と闘《たたか》っているだけじゃなく、心の疵とも闘ってるんだ。そうと解ったら、そっとしておいてやることだね」

おたみは甲張《かんば》ったように鳴り立てると、皆の顔を睨めつけた。

「おお、怖《こえ》ェ!」

太作が肩を竦める。

「解りゃいいんだよ。解りゃね。さっ、次は誰が結床に入るんだえ?」

翁屋のご隠居が気を兼ねたように、怖々《こわごわ》と手を挙《あ》げる。

「次はあたしが……」

「あいよ!」

おたみが威勢のよい声を張り上げ、待合の皆もほっとしたように顔を見合わせた。


その夜、五ツ(午後八時)過ぎになってやっと帰って来た佐吉は、大層疲れた顔をしていた。

「遅かったじゃないか。夜食は? まだ食べていないんだろう?」

おたみが声をかけると、佐吉は長火鉢の傍にどかりと腰を下ろし、肩息《かたいき》を吐いた。

「ああ……」

「そうかえ。おけい、お汁《つゆ》を急いで温めておくれ！　今宵はさ、なんだかうそ寒くなってきたもんだから、おすえさんが風呂吹《ふろふ》き大根を作ってくれてね。それにほら、鰯のつみれ汁……。おまえが遅いもんだからあたしたちはもう食っちまったが、風呂吹き大根はいつ食べてもいいようにと、こうして土鍋《どなべ》に入れて温めていたんだよ」

おたみが長火鉢に載せた土鍋の蓋《ふた》を取る。

わっと湯気《ゆげ》が立ち上り、佐吉の顔がぼんやりと霞《かす》んで見えた。

「さあ、食べるといいよ。美味いよ。柚子味噌《ゆずみそ》をたっぷりつけてお上がり」

おたみが片口鉢《かたぐちばち》に大根を取り分け、上にたっぷりと柚子味噌を載せる。

「さあ、熱いうちにお上がりよ」

そう言い、猫板《ねこいた》の上に片口鉢を置き、おたみはおやっと目を瞬いた。

佐吉の目に、涙がきらと光ったように思えたのである。

「どうしたえ……」

佐吉は慌てて片頰に笑みを貼りつけた。

「どうにもしねえさ。ただ、ちょいと疲れただけさ」

「そりゃいけないね。この頃うち、佐伯さまの御用だけでなく、得さんのことでも動いてるんだろ？　だったら、疲れたところで仕方がないよね。けどさ、そんなときだからこそ、精をつけなきゃならない……。ほら、つみれ汁もきたよ。生姜《しょうが》が効《き》いていて身体が温まるからさ」

おたみがご飯を装《よそ》ってやりながら言う。

「本当だ……。あんちゃん、随分と疲れた顔をして……。夜食を食べたら早く休むといいよ」

おけいは心配そうに佐吉の顔を覗き込むと、二階に蒲団を敷いてくる、と言い階段を上がって行く。

現在《いま》、佐吉はつみれ汁を啜《すす》り、黙々と風呂吹き大根を食べている。

おたみは喉元《のどもと》まで出かけた言葉を呑み込んだ。

何か気になることでもあるのかえ？

口に出せばひと言で済む言葉だが、十手《じって》を預かる身に、そう訊かれることほど辛いものはないと、おたみは知っていた。

男神《おがみ》の親分と皆に慕《した》われた嘉平《かへい》も内と外では顔つきが違い、殊に心に何か蟠《わだかま》るものを抱えているときには、おたみまでが息を潜《ひそ》めていなければならないほど寡黙《かもく》であった。

そんなとき、おたみは嘉平のほうから何か言い出すまで、当たらず触《さわ》らずそっとしておくことにしたのである。

他人《ひと》から慕われる嘉平は、何があろうと外で辛い顔は見せられない。が、嘉平も佐吉も人の子……。

ときには繰言のひとつでも募り、叫び出したくなることもあるだろう。だから、せめて家の中だけでも人目を気にせず、あるがままの姿でいてほしい。そのうち必ずや、蟠るものに折り合いをつけ、再び笑顔を取り戻してくれるのであるから……。

おたみが鉄瓶の湯を急須《きゅうす》に移し、焙《ほう》じ茶を淹《い》れてやる。

佐吉は砂を嚙むような想いで、風呂吹き大根を食べていた。

柚子の香りがつんと鼻を衝いたが、美味いとか香りよいといった感覚はまったくといってよいほど湧いてこない。

頭を過《よ》ぎるのは、一刻《いっとき》（二時間）ほど前に得次郎が口にした、忘れ扇《おうぎ》、という言葉のみ……。

佐吉は毎日得次郎に接触するようにと佐伯隼太《はやた》から言われていたので、この日も七ツ半（午後五時）過ぎに八丁堀を訪れた。

道玄からは得次郎の容態が落着くまで町方が接触するのを止められている。

それで敢えて、診療所が患者で混み合い、代脈の目が行き届かなくなるこの時刻を選び、夕餉の仕度に大わらわの勝手方の目を盗み、そっと病室に潜《もぐ》り込んだのだった。

得次郎は目を醒ましていた。

天井《てんじよう》に目を向け、何かを頻りに見ようとしているようである。

思わず、佐吉もつられて天井に目をやった。

が、天井板の節目《ふしめ》が目に留まるだけで、蟲《むし》の一匹も這ってはいない。

一体何を見ているのだろうか……。

佐吉は怪訝《けげん》そうに首を傾げたが、紛《まぎ》れもなく得次郎には何かが見えているようである。

それは、目に見えるものの先にある、何かを見つめているような目であった。

と、そのとき、得次郎の唇がかすかに動いた。

あっと、佐吉は息を凝らした。

「わ、忘れ扇……」

確かに、得次郎はそう呟いたのである。

佐吉の胸がきやりと高鳴った。

これまで何を訊ねても答えようとしなかった得次郎が、佐吉を前に初めて口にした言葉が、忘れ扇だとは……。

「得さんよォ、今、忘れ扇と言ったが、忘れ扇たァ一体《いってえ》なんのことだ？」

佐吉は得次郎の耳許に口を近づけ、問いかけた。

「忘れ扇……」

「だからよ、忘れ扇たァなんのことなんでェ……。扇だろ？　夏場に煽《あお》ぐ、あの扇だろ？」

「お阿木がよ……。言ったんだ。忘れ扇と……」

「お阿木って誰だ？　ああ、そうか……。松太郎たちのおっかさんのことなんだな？」

「あいつ、おまえはあたしにとって忘れ扇にしかすぎないと、そう言いやがった……」

「得さんが忘れ扇って、そりゃ一体《いってえ》どういうことなんでェ……。おっ、大丈夫《でえじょうぶ》か？　無理すんな。無理すんなといっても、俺ャ、おめえの口から誰に刺されたのか訊かなくちゃなんねえんだが……。じゃ、思い切って訊くぜ。おめえを刺したのは女房のお阿木なんだな？」

得次郎は否定の意味か、弱々しく首を振った。

「違う？　じゃ、なんで今、お阿木がおめえのことを忘れ扇と言ったというんだよ」

得次郎は辛そうに顔を顰《しか》めた。

と、そこに賄いの婆《ばあ》さんが飛び込んできた。

「ほらやっぱりだ……。佐吉さん、駄目じゃないか！　おまえ、道玄さまから病人を問い詰めちゃならないと言われていたのを忘れたのかえ？　さあ、早く帰っとくれ！　見っかったら、あたしが大目玉を食っちまうんだからさ。まったく、油断《ゆだん》も隙《すき》もあったもんじゃない！　鶴亀鶴亀《つるかめつるかめ》……」

佐吉は婆さんに追い立てられ、這々《ほうほう》の体《てい》で逃げ出したのだった。

それからというもの、佐吉の胸にずっと忘れ扇という言葉が居坐《いすわ》っていた。

得次郎の女房が得次郎のことを忘れ扇と言ったというが、それは一体いつのことなのだろうか……。

常並《つねなみ》に考えれば、得次郎が刺されたことと関係があると見るべきなのだろうが、現在《いま》の得次郎は決して尋常《じんじょう》ではない。

そう考えると、熱に魘《うな》された譫言《うわごと》とも、お阿木と暮らした頃のことを思い出しての言葉とも取れる。

だが、忘れ扇とは、いかにも意味深《いみしん》な言葉ではないか……。

「おっかさん……」

佐吉がおたみに目を据える。

「なんだえ、突然……。驚かさないでおくれ」

おたみが猫板の上に焙じ茶の入った湯呑を置く。

「忘れ扇って、なんのことだ？」

「忘れ扇？　誰かが扇を忘れていったのかえ？」

「いや、そうじゃなくて、女ごが男におまえはあたしにとって忘れ扇にしかすぎないと言ったとしたら、それは何を意味すると思う？」

「……」

おたみが目をまじくじさせる。

「やっぱ、解らねえか」

「だって、女ごがそう言ったときの状況が判らないんじゃ……。女ごが男に見切りをつけたときの捨て台詞《ぜりふ》というのなら解るんだけどさ」

「見切りをつけたときの捨て台詞……。それだ！　そうだとすれば、それにはどんな意味がある？」

「そうさねえ……。忘れ扇という言葉は俳句《はいく》の季語で、秋扇《あきおうぎ》、しうせん、い、扇置くとも詠《よ》まれるんだけど、秋になって突然暑い日があり、忘れていた扇を取り出して使うという意味と、秋になりもう必要としなくなったという意味の両方に使われるようだよ。だが、女ごが男に見切りをつけたときに使うとすれば、おまえさんにはもう用がないっていう意味かね……。俳句のことは翁屋のご隠居が造詣《ぞうけい》が深いからね。ご隠居に訊くといいよ。けど、珍しいことがあるもんだね。おまえがそんなことを訊くなんて……」

おたみが探るような目で佐吉を見る。

佐吉は挙措《きょそ》を失い、残りの飯を一気に搔《か》き込んだ。

そして翌日のことである。

佐吉は朝餉を済ませると、鬢盥《びんだらい》を手に佐伯隼太の組屋敷に出掛けようとした。

秋晴れの爽《さわ》やかな朝である。

猫字屋の油障子を潜ると、木戸番小屋の前で得次郎の子供たちが、健気《けなげ》におすえの手伝いをしているのが目に入った。

松太郎が竹箒《たけぼうき》とちり取りを手に往来を掃き、竹次郎とお梅が甘藷芋に鉤を取りつけている。

「お梅ちゃん、危《あぶ》ないから気をつけておくれよ。手を刺さないようにね。ああァ、危なっかしくて見ていられない……」

おすえが悲鳴にも近い声を上げた。

佐吉はふっと頰を弛めると、傍に寄って行った。

「おめえら、おすえさんの手伝いをするとは偉《えれ》ェじゃねえか！」

「おや、佐吉さん、おはようさん。これから八丁堀かえ？」

「ああ。廻《まわ》り髪結の仕事は、佐伯さまの髷を結って一日が始まるんでね。子供たち、すっかりおすえさんに懐《なつ》いちまったじゃねえか。松太郎の顔にも明るさが戻ったようで、ほっとしたぜ」

「そりゃもう、どの子もよい子たちでさ。あたしの仕事も率先《そっせん》して手伝ってくれるし、子供が傍にいると、こんなにも世の中が明るく見えるのかと不思議なくらい……。三度の食事を作るにしても、亭主と二人だけのときより張り合いがあってさ！　得さんには悪いけど、感謝したいくらいなんだよ」

「そうけえ、そりゃ良かったな」

「ところで、得さん、その後どうかえ？　寄るんだろ？　佐伯さまからの帰りに道玄さまのところに……」

「いや……」

佐吉が口籠《くちご》もる。

まさか、昨日、人目を盗んで忍び込み、診療所の婆さんにこっぴどく叱《しか》られたとは言えないではないか……。

が、佐吉が言葉に詰まったそのときである。

下っ引きの文治が、荒布橋を息せき切って駆けて来るのが目に入った。

「て、大変《てえへん》だ！」

文治はそのまま自身番に駆け込もうとして、木戸番小屋の前に佐吉がいるのに目を留めた。

「佐吉っつァん、いいところで逢《あ》ったぜ！　得次郎が、得さんが半刻《はんとき》（一時間）前《めえ》に息を引き取ったんだとよ……」

文治が大声で鳴り立てる。

おすえはハッと松太郎や下の二人の子に目をやると、おいで、と手招きをした。

三人の子がおすえの傍に寄って行く。

おすえは両腕で子供たちを抱え込むと、大丈夫だ、大丈夫だ、おばちゃんがついているからね、と囁いた。

佐吉は茫然《ぼうぜん》と立ち竦《すく》んでいた。

得さんが死んだなんて、そんな莫迦《ばか》な……。

だって、昨日、得さんは初めて声を出したんだ。

忘れ扇と……。

「ほれ、佐吉っつァん、何をしてるんでェ！　おめえは佐伯さまに報告してくんな。俺ャ、自身番に知らせたら銀造親分を呼びに行くからよ」

文治が気を苛《いら》ったように鳴り立てる。

佐吉はハッと我に返ると、おすえに抱かれた三人の子供たちに目をやった。

竹次郎やお梅にはまだ何が起きたのか解らないとみえ、おすえに抱かれたままとほんとした顔をしている。

が、松太郎の目には、怒りと哀しみ、覚悟のようなものが漲《みなぎ》っていた。

その目を見て、佐吉の胸がじくりと疼く。

得さんよォ、なんで、この子らを遺して逝《い》っちまったんだよォ……。

何ひとつ解明されないまま逝ってしまった得次郎……。

だがよ、遺されたこの子らはどうなるんでェ……。

佐吉には、三人の子こそ忘れ扇のように思え、悔《くや》しさともまた違った、遣り切れなさで胸が一杯となった。

だが、こんなことはしていられない。

一時も早く、佐伯隼太に知らせなければ……。

佐吉は重い脚を一歩、また一歩と、前に押し出すようにして荒布橋のほうに歩いて行った。

色なき風

1

「行って来やす！」

「行って参りやす！」

魚竹《うおたけ》の男衆《おとこし》が印半纏《しるしばんてん》に捻《ねじ》り鉢巻《はちまき》といった出で立ちで、茶の間の竹蔵《たけぞう》とおゆきに挨拶《あいさつ》をする。

荷揚《にあ》げのため、彼らはこれから魚河岸《うおがし》に出掛けるのである。

「ああ、行っといで！　あっ、そうだ。幸太《こうた》、下《くだ》り鰹《がつお》のよさそうなのを一本取っておいておくれ。あとであたしが取りに行くからさ」

箱膳《はこぜん》を片づけていたおゆきが振り返り、声をかける。

「捌《さば》いときやしょうか？」

「そうだね。三枚下《お》ろしにしておいておくれ。今宵《こよい》は鰹のたたき漬《づけ》にするつもりだからさ」

「ほう、たたき漬か……。そいつァ、美味《うめ》ェ酒が飲めそうだな。と言っても、おいおい、今宵は組合の寄合《よりあい》があるのを知っているだろうが……」

食後の一服をくゆらせていた竹蔵が、慌てて灰吹《はいふ》きに煙管《きせる》の雁首《がんくび》を打ちつける。

「誰がおとっつァんに食べさせると言った？」

おゆきが悪戯《いたずら》っぽい笑《え》みを浮かべてみせる。

「ああ、そうかえ、そうかえ……。どうせ、おめえの頭の中には喜三次《きさんじ》のことしか入ってねえんだろうからよ！」

竹蔵が不貞《ふて》た顔をして、気を苛《いら》ったように再び煙管に薄舞《うすまい》（煙草《たばこ》）を詰める。

「あら、喜三次さんにだけじゃないよ。たまには、男衆にも下り鰹のたたき漬を食べさせてやりたいと思ってさ。初鰹《はつがつお》に比べたらうんと下直《げじき》なんだからいいだろう？　そうだ、一本なんて吝嗇《けち》なことを言わないで、二本ほど取っておいてもらおうか……」

「二本……。お内儀《かみ》さん、いかになんでも俺たちゃそんなには食えやせんぜ」

幸太と増吉《ますきち》が顔を見合わせる。

「莫迦《ばか》だね。誰が二本ともおまえたちに食わせると言ったかえ？　一本は木戸番小屋に届けるのさ。おすえさんに渡しておけば、猫字屋《ねこじや》の皆の口にも松坊《まつぼう》たち孤児《みなしご》の口にも入るからさ！　ねっ、いいだろう？　おとっつァん」

おゆきに瞠《みつ》められ、竹蔵が煙草の煙に噎《む》せ返りそうになる。

竹蔵は咳《しわぶき》を打つと、ああ、そりゃいいがよ、と答えた。

「それで決まりだ！　じゃ、そのうち一本は三枚下ろしに、もう一本はおすえさんがどんな調理をしても構わないように、二枚下ろしにしておいておくれ」

「へっ、解《わか》りやした」

男衆たちはぺこりと頭を下げ、通用口へと駆けて行った。

「おっ、茶を淹《い》れてくんな」

「あいよ！　けど、ゆっくりしていていいのかえ？　そろそろ出掛ける仕度《したく》をしたほうがいいと思うけど……」

「ああ、解ってる。けど、おすえさんに鰹を届けるとは、よいところに気がついたじゃねえか」

「だって、おすえさんが松坊たちを預かって、もう一月《ひとつき》だよ。いくら頑是《がんぜ》ない子供といっても、口数が三つも増えたんだもの、そろそろ費《つい》えが心細くなる頃じゃなかろうかと思ってさ……。喜三次さんが聞いてきた話では、猫字屋のおたみさんが掛かり費用を助《す》けてるってことなんだけど、あの二人にだけ子供たちの世話を押しつけてよいはずがない！　だから、あたしに出来ることがあればと思ってさ……」

おゆきはそう言うと、長火鉢《ながひばち》の猫板《ねこいた》に湯呑《ゆのみ》を置いた。

「言われてみれば、おゆきの言うとおりだぜ……。おっ、うちは魚屋だ。鰹といわずなんでも持ってってやんな。とは言え、得次郎《とくじろう》の遺児《いじ》をこのままずっと木戸番小屋に置いておくというわけにもいかねえだろうな。伊之《いの》さんたちはそのことをどう思ってるんだろうか……」

竹蔵が湯呑を手に首を傾《かし》げる。

「現在《いま》、銀造《ぎんぞう》親分や佐吉《さきち》さんが得さんの身内を捜《さが》しているらしいんだけど、さあ、江戸に身寄りがあるのかないのか……。あったとしても、三人纏《まと》めて引き受けてくれるかどうか判《わか》らないじゃないか。おすえさんが言うんだよ。あの兄妹《きょうだい》をばらばらにしてはならない、そんなことをしたんじゃ、死んだ得さんが浮かばれないって……。そりゃそうさ。得さんは女房に逃げられてから男手《おとこで》ひとつで三人の子を護《まも》ってきたんだもんね。何者かに刺され瀕死《ひんし》の重傷を負《お》いながらも、這《は》うようにして子供たちの許《もと》に帰ろうとした得さんだよ？　それなのに、父親《てておや》が亡くなったからといって、兄妹をばらばらにしたのでは得さんが死んでも死にきれないじゃないか！」

「これ、おゆき、おめえが興奮してどうするってか！　確かに、おすえさんやおめえの言うとおりだが、もっと冷静に物事を見なくてはよ。現在《いま》は臨時の処置として、三人の子を木戸番小屋で面倒を見ているが、子供というものは日々育っていくものだ。あの狭《せめ》ェ木戸番小屋で、伊之さん夫婦を含めて五人もの人間が暮らしていけると思うか？　かといって、勝手に造築することは許されねえ……。あの小屋は町のものだからよ。せめて、木戸番小屋が二階家だというのならまだしも、どう考えたってあそこで五人も暮らすのは無理というもの……」

「……」

「なんでェ、その顔は……。おめえが膨《ふく》れっ面《つら》をしたところでしょうがねえじゃねえか。だが、今ここでそんなことを言っても詮ないことでよ。いずれ、大家や町年寄を交えて寄合が開かれると思うからよ。じゃ、そろそろ出掛けるとすっか！」

竹蔵がぐびりと茶を飲み干し、腰を上げる。

「そう言ャ、婿《むこ》どのは？　まだ寝てるのか」

「そうなんだよ。早く朝餉《あさげ》を済ませてくれと、さっきから何度も鳴り立ててるというのにさ……。もう、喜三次さんたら嫌《いや》になっちまう！」

おゆきが恨《うら》めしそうにちらと階段に目をやる。

梅雨《つゆ》明けと同時に喜三次とおゆきの祝言《しゅうげん》が挙《あ》げられ、現在《いま》は魚竹の二階が二人の新居となっていた。

それまでは、二階は使用人部屋に使われていたが、火事で焼失した堀江町《ほりえちょう》二丁目の豆腐屋《とうふや》の跡地《あとち》を竹蔵が買い取り、そこに二階家を建てて男衆たちを住まわせることにしたのである。

本来なら、そこを若夫婦の新居に充《あ》てるべきなのだが、二階を大改装してまで喜三次たちを本小田原町《ほんおだわらちょう》に住まわせたのは、謂《い》わば竹蔵の意地といってもよいだろう。

「いずれ、喜三次は魚竹の主人《おるじ》となる身……。当面は自身番の書役《かきやく》を続けるにしても、魚竹から離れてもらっては困るからよ」

それが竹蔵の言い分だった。

喜三次が堀江町に住むことになれば、住まいと自身番の往復は照降町《てりふりちょう》の中だけに留《とど》められ、それでは荒布橋《あらめばし》を渡って本小田原町に来ることが少なくなるというのが理由のようだが、本音《ほんね》はおゆきを傍《そば》から離したくない、婿は婿らしくしろということなのであろう。

それで、下男の朔次《さくじ》と婆《ばあ》やの他はそっくり堀江町に移ることになったのであるが、男衆たちは朝餉と夕餉《ゆうげ》をこれまで通り本小田原町で摂《と》るので、おゆきの仕事は一向《いっこう》に減《へ》ろうとしなかった。

朝の早い男衆たちのために、まだ夜が明けきらない頃から起きて朝餉の仕度をするおゆきが、朝の遅い喜三次につい肝《きも》が煎《い》れてしまうのも頷《うなず》けるというもの……。

「まあ、そうカリカリするもんじゃねえ。自身番には五ツ（午前八時）までに入《へえ》れば いいのだから、ゆっくりさせてやるんだな」

竹蔵が宥《なだ》めると、おゆきは恨めしそうに唇を尖《とが》らせた。

「おとっつァんが甘い顔をするもんだから、喜三次さんがつけ上がるんだよ！　現在《いま》は書役を続けているけど、いずれは魚竹を継《つ》がなきゃならないんだよ。他の男衆の手前、もっと早く起きようって気にならないのかしら？　それに、少しはあたしのことも考えてもらいたいよ。皆と一緒に食べてくれれば手間が省《はぶ》けて助かるというのに、これじゃ二度手間じゃないか！」

「何言ってやがる！　これまでだって、そうしてきたんじゃねえか。それなのに、所帯を持った途端《とたん》に亭主を尻《しり》に敷《し》くようなことをほざきやがってよ！　おゆき、胸に手を当ててよく思い出してみな？　喜三次には魚竹の婿になっても書役を続けたければ続けてもいい、魚竹のことはおゆきがひと通りのことを熟《こな》すので委《まか》せておきなと頭を下げておめえの婿になってもらったんだぜ？　それなのに、祝言を挙げてまだ三月《みつき》というのに、掌《てのひら》を返《けえ》したみてェなおめえのその態度はなんでェ！　そんなんじゃ、愛想《あいそ》尽《づ》かしされても文句は言えねえってことを、よく覚えとくんだな！」

珍しく、竹蔵が声を荒《あら》げた。

「あたし、そんなつもりじゃ……」

「ああ、解ってるさ。おめえが喜三次のことを好きで好きで堪《たま》らねえのも、その気持を隠そうと敢《あ》えて背《そむ》けたことを言うのも解ってる……。だがよ、それも度を越《こ》すと、誰だって鼻につくってもんだ。それとも何か？　おめえと婆やでは勝手方を廻《まわ》せねえとでもいうのかえ？　だったら、お端女《はした》を雇《やと》ったっていいんだ。俺《おり》ゃ、先《せん》からそう言ってただろ？　それを、雇うことはない、自分と婆やで廻していけると突っぱねたのはおめえだぜ？　そうさなあ……。よい機会かもしれねえ。今日にでも口入屋《くちいれや》に話を通しておくからよ。いいな？　それで……」

竹蔵がおゆきを睨《ね》めつける。

「待ってよ、おとっつァん！　ううん、いいの。お端女を雇うったって、どんな女《ひと》が来るのか判《わか》らないじゃないか。あたし、素性《すじょう》も知れない女《おな》ごを家に入れるのは嫌なんだよ」

「ははァん……。さては、おめえ、余所《よそ》の女ごを喜三次に近づけたくねえんだな？」

「おとっつァんたら、てんごうを！　違うよ。そんなんじゃないんだから……」

おゆきは挙措《きょそ》を失い、慌てて両手を振った。

「どうやら、図星《ずぼし》のようだな」

「嫌だァ、違うってば！」

おゆきはますます慌て、頰《ほお》に紅葉《もみじ》を散らした。

と、そこに、トントンと足音がして、喜三次が二階から下りて来た。

「おはようございます。朝から何やら愉《たの》しそうではないですか。えっ、何かありましたか？」

喜三次が竹蔵とおゆきを交互に見て、訝《いぶか》しそうな顔をする。

竹蔵とおゆきは顔を見合わせ、ぷっと噴《ふ》き出した。

「えっ、一体何が……」

喜三次がとほんとする。

「いや、いいんだ、なんでもねえ。さっ、出掛けるとすっか！　じゃ、行って来るからよ」

「ああ、行ってらっしゃい！」

喜三次には何がなんやら……。

首を傾げると、ファア……、と大欠伸《おおあくび》した。

「えっ、これをうちに？　まあ、こんな見事な下り鰹を……。駄目だよ、おゆきちゃん。貰《もら》えないよ、そんな……」

おすえは一尺八寸はあろうかと思える下り鰹を前に、臆《おく》したように後退《あとじさ》った。

「いいんだよ。どうせ、売れ残りなんだから、遠慮することはないんだよ。ねっ、頼むから貰っとくれ！　どうだえ、子供たち、こんなに大きな魚を見たことがないだろ？　食べたいよね？」

おゆきが興味津々《きょうみしんしん》とばかりに傍に寄って来た、松太郎《まったろう》や竹次郎《たけじろう》に目まじする。

「うん、食いてェ！」

竹次郎が燥《はしや》ぎ声を上げると、お梅《うめ》も後に続いた。

「あたちも食べたい！」

「これ、なんて魚なの？」

松太郎はさすがに六歳とあって、魚の名前に興味を示す。

「鰹だよ。春、西の方から黒潮《くろしお》に乗ってやって来るのを初鰹、秋に東から下ってくるのを下り鰹っていうんだよ」

「ふうん……。じゃ、これは下り鰹?」

「ああ、そうだよ。江戸っ子は初物食いだから、初鰹でないと鰹じゃないって言い方をするけど、天骨《てんこち》もない! 下り鰹だって、美味《うま》いんだ。うちのおとっつァんなんて下り鰹のほうが脂《あぶら》が乗っていて美味いと言うくらいなんだよ。おまえたちも鰹を食べたことがあるだろ?」

おゆきがそう言うと、松太郎と竹次郎が顔を見合わせ、首を傾げる。

食べたことがないのか、それとも食べたことはあるが、それが鰹と知らなかったのか……。

いずれにせよ、三人の子は男手の許に育ったのである。

双親《ふたおや》の許で、その日のお菜《さい》を話題に仲睦《なかむつ》まじく膳《ぜん》を囲むこともなかったのではあるまいか……。

そう思うと、おゆきの胸はじんと熱くなった。

「じゃあさ、おすえおばちゃんにうんと美味《おい》しいものを作ってもらうといいよ。ねっ、そういうことだから、鰹を貰っておくれ。猫字屋の皆にも分けてあげてほしいんだ!」

おゆきがおすえに鰹の入った盥《たらい》を手渡す。

「悪いね。じゃ、遠慮なく貰っとくよ。けど、これをどう調理したらいいんだか……」

「大人は刺身《さしみ》かたたきで食べるといいと思い二枚下ろしにしておいたんだけど、そうだね、子供たちには焼くか、角煮《かくに》に……。中落ちの部分は包丁《ほうちょう》で細《こま》かく叩《たた》いて擂鉢《すりばち》に入れ、味噌《みそ》、片栗粉《かたくりこ》、胡麻《ごま》と一緒に練《ね》って、つみれにするといいよ」

「あっ、つみれ汁にね！　成程《なるほど》、それは美味しいかもしれない……」

　おすえが目を輝かせている。

「あっ、そうそう、擂《す》り下ろした生姜《しょうが》と葱《ねぎ》をつみれに混ぜるのを忘れないでね。それに、清《す》まし仕立ての汁に短冊《たんざく》切りにした大根《だいこん》を加え、仕上げに浅葱《あさつき》を散らすといいよ。これって喜三次さんの好物でね……。刺身やたたきを食べるときには何も言わないくせして、つみれ汁だけは美味い美味いって三杯もお代わりするんだからさ！」

「まっ、ご馳走《ちそう》さま！　こうしてみると、おゆきちゃんもすっかり新妻《にいづま》が板についたって感じだね。現在《いま》が一番いいときかもしれない……。いいなァ……。竹さんが肝精《きもせい》を焼きたくなるのも解るような気がするよ」

「えっ、おとっつァんが肝精を焼くとは……」

　おゆきが目をまじくじさせる。

「いえ、肝精を焼くってほどのことでもないんだけどね。おたみさんの話では、竹さんが言ってたそうだよ。おゆきの奴、この頃うち喜三次の好物しか作ろうとしねえ、俺が馬刀貝《まてがい》の辛子和《からしあ》えを好物だと知っていても、喜三次が見た目の気色悪さを嫌がるもんだから、たまには食膳《しょくぜん》に載《の》せろと言っても作ろうとしねえ、しょうがねえもんだから、馬刀貝を食いたくなったらお多福《たふく》かふじ半《はん》に行くことにしてるって……」

「まっ、おとっつァんたら、そんなことを……。何言ってんのさ！　そうやって口実《こうじつ》をつけて外で飲みたいだけなんだからさ。おすえさん、真《ま》に受けるんじゃないよ」

おすえはくすりと肩を揺《ゆ》らした。

「いえね、竹さんはそう言いながらも書役さんを婿に持てたことが嬉《うれ》しくって堪らないんだよ。今まではあたしたちみたいに、書役さん、と呼んでいたくせして、現在《いま》では猫字屋で髷《まげ》を結《ゆ》ってもらっている最中《さなか》、何度、喜三次、喜三次って口にすることか……。おたみさんが言うには、あれは娘に婿が来たというより、自分に息子が出来たという悦《よろこ》びようだって……」

おゆきも肩を竦《すく》める。

「えへっ、そうなんだ……。実は、今朝もおとっつァんに大目玉を食らっちまったんだよ」

「大目玉って……」

「いえね、うちの男衆は魚河岸があるから朝が早いだろ？　けど、喜三次さんは五ツまでに自身番に出ればいいもんだから、六ツ半（午前七時）頃まで起きて来ないんだよ。それで、あたしが朝餉の仕度をするのが二度手間になって嫌だと言ったら、これまでだってそうだったじゃねえか、祝言を挙げたからって、偉《えら》そうに亭主を尻に敷くようなことを言うもんじゃねえって……。おとっつァんたら、目を剝《む》いて怒るんだよ。あんなおとっつァんをみたのは初めてで、肝が縮《ちぢ》み上がっちまったよ」

「そりゃ、竹さんが怒るのも当然だ。いいかえ、おゆきちゃん、男ってもんはおだてておけば機嫌《きげん》よく働いてくれる、扱いやすい生き物でさ……。腹ん中では何を考えていてもいいけど、面と向かったら、お上手《じょうず》を言って祀《まつ》り上げときゃいいんだよ。それで、おゆきちゃんは下り鰹をどう調理するのさ」

「うち？　ああ、うちは大人ばかりだからね。おとっつァんは組合の寄合があって留守だし、たたき漬にしようかと思ってさ」

「たたき漬って、たたきとは違うのかえ？」

「そうか、おすえさんは食べたことがないんだね？　美味いよ！　やってみるといい。普通、鰹のたたきって皮目を火に焙《あぶ》るでしょう？　けど、たたき漬の場合は皮を剝いり、辛子醤油《からしじようゆ》で食べるんだ！　たたきだと生姜醤油《しようがじようゆ》が合うけど、たたき漬は辛子醤油で湯引《ゆび》きして、酒に漬けて冷やしておくんだよ。それを食べるときに刺身の要領で切

……」

「美味そうじゃないか……。じゃ、うちも、大人はたたき漬で食べることにしようかな。さっき湯引きするって言ったけど、どの程度熱を通せばいいのかえ？」

「皮を剥いた鰹の身に熱湯を回しかけて霜降《しもふ》りにするだけでいいんだよ。絶対に湯がくんじゃないよ。中はまだ生《なま》といった状態がいいんだからさ」

「ああ、解った。そうしてみるよ」

すると、竹次郎が何か言いたげに、おすえの前垂《まえだ》れをぐいと引っ張った。

「えっ、なんだえ？」

「大人だけって言ったけど、どうして子供はたたき漬を食べちゃいけないんだよ」

竹次郎が不服そうに頰《ほ》っぺを膨らませる。

おすえとおゆきは顔を見合わせ、くすりと嗤《わら》った。

「食べては駄目と言ったんじゃないんだよ。ただね、子供には辛子醤油はどうかと思ってさ」

「それに、お酒に漬け込んであるからさ。竹坊、食べたら酔っ払って目が回るかもし

れないんだよ。それでも食べてみたいかえ？」

「嫌だ！　おいら、目が回るのは嫌だもん……」

「だろう？　だからさ、竹坊たちには角煮とつみれ汁を作ってあげるからさ。美味しいよ。うんとお腹を空《す》かせて待ってておくんだね」

「ヤッタ！　つみれ汁だってよ。ねっ、ねっ、あんちゃん、つみれ汁だってさ！」

竹次郎が松太郎に飛びついていく。

「おうおう、元気のよいこと！　でも、良かったじゃないか。子供たちがすっかりおすえさんに懐《なつ》いたみたいで安堵《あんど》したよ。おとっつァんを恋しがって泣くようなこともないんだろ？」

おゆきがおすえの目を瞠める。

「そうでもないんだよ。末のお梅ちゃんがさ、真夜中にしくしく泣いてるんだ……。そんなとき、黙って抱き締《し》め頭を撫《な》でてやるんだけど、おとっつァん、おとっつァんて譫言《うわごと》みたいに呟《つぶや》いてね。無理もないさ、まだ三歳だもの……。上の二人の子は父親《ておや》の死をそれなりに理解しているみたいで口に出そうとしないけど、それだけに不憫《ふびん》でさ……。けど、これぱかりはときが解決してくれることだし、あたしたちにはどうしてやることも出来なくてさ」

おすえが深々と溜息《ためいき》を吐《つ》く。

「あたしに助《す》けられることがあったら、なんでも言っておくれ。と言っても、こうして時たま魚を届けることくらいしかできないんだけど……」

「なんて有難《ありがた》いことを言ってくれるんだろう。正な話、助かるよ。おたみさんも掛かり費用のことでは随分《ずいぶん》と助《す》けてくれてるんだけど、先々のことを思うと、つい気弱になっちまって……」

「だから、それは皆で力を合わせるしか仕方がないじゃないか！　そうだ、冬隣《ふゆどなり》になり朝晩うそ寒くなってきたけど、子供たちの袷《あわせ》や綿入れは間に合ってるのかえ？」

「それなんだけど、うちの亭主が時雨店《しぐれだな》まで行って柳行李《やなぎごうり》の中を探《さぐ》ってきたんだけどさ。得さんは子供たちを可愛《かわい》がっていたんだろうが、そこはやはり男所帯……。ろくなものがないんだよ。まっ、幸い、お梅ちゃんの着物は死んだおくみの着物が残っているから、四ッ身までは揃《そろ》っているんだけど、男の子がさァ……。猫字屋に佐吉さんが子供の頃に着ていた着物が残っているといっても、佐吉さんが火事で親兄弟と逸《はぐ》れ、猫字屋に引き取られてきたのが七歳のときだろ？　松坊や竹坊に間に合いそうな着物がなくてさ。やっぱり誂《あつら》えなきゃなんないかねって、昨日もおたみさんと話したばかりなんだよ」

「じゃ、それはあたしに委せてよ！」

　おゆきがポンと胸を叩く。

「委せるって……」

「古手屋《ふるてや》で適当なのを見繕《みつくろ》ってくるよ。ううん、大丈夫！　そのくらいのへ、そ、く、り、は持ってるんだ。それに、今朝もおとっつァんから言われたばかりでね。うちで出来ることならなんでもやってやれって……。だからさ、魚と着物のことはあたしに委せておくれ。いいかえ、魚は飽《あ》くまでも売れ残りを持って来るんだから、気を兼ねるんじゃないよ」

「そんな……。おゆきちゃん、それじゃ悪いよ」

「悪くなんかあるもんか！　じゃ、あたしはこの脚《あし》で古手屋までひとっ走りして来るからさ。さっ、おすえさんは鰹を捌いた、捌いた……」

　おゆきはそう言うと、くるりと背を返し、荒布橋のほうに小走りに去って行った。

　売れ残りだなんて、天骨もない……。

　おすえの胸が熱いもので一杯になる。

「おばちゃん、早く！」

　木戸番小屋の中から、おすえを呼ぶお梅の声が聞こえてくる。

「あいよ！　今行くから、待ってな」

おすえは溢《あふ》れた涙を払うようにして、木戸番小屋の中に入って行った。

両手に抱《かか》えた盥《たらい》のずしりとした重さに、再び、胸が熱くなる。

有難うよ……。

おすえは小さくそう呟いた。

2

佐吉《さきち》は田口屋《たぐちや》政五郎《せいごろう》の元結《もとゆい》にパチンと鋏《はさみ》を入れた。

すると、ひと呼吸置いて、中庭の銀杏《いちょう》がはらりと葉を落とすのを目の端《はし》に捉《とら》えた。

傘問屋《かさどんや》田口屋の中庭は、今まさに秋色《あきいろ》とかしている。

少し高い位置には、銀杏、楓《かえで》、柾《まさき》が、また低い位置では、萩《はぎ》、杜鵑草《ほととぎす》、秋明菊《しゅうめいぎく》、紫《むらさき》式部《しきぶ》が空の碧《あお》さと競《きそ》い合っているようではないか……。

「秋も深まりやしたね」

「ああ、先《さい》つ頃まで暑い暑いと繰言《くりごと》を募《つの》っていたというのに、ふと気づくと、もう冬隣だもんな。此《こ》の中《じゅう》、時の経《た》つのがなんと速いことか……。その分、あたしも歳取《とし》っていくのかと思うと、空恐《そらおそ》ろしくなりますよ」

政五郎が太息《ふといき》を吐《つ》く。

「てんごう言っちゃいけやせんぜ。旦那《だんな》はまだこれからではないですか。何しろ、二児の親となられたのでやすからね」

「ああ、弱音《よわね》を吐《は》いてるわけにはいかないからよ」

「紀緒《きお》ちゃん、さぞや可愛くなられたでしょうね。確か、現在《いま》は七月《ななつき》かと……」

佐吉が鏡の中の政五郎を窺《うかが》う。

政五郎は佐吉のほうが照れそうになるほどに、でれりと脂下《やにさ》がった。

「そりゃもう可愛いのなんのって……。この頃うち、あやすとキャッキャッと声を上げて笑うようになり、ちゃんと親の顔が認識できているようなのでよ……。玉緒《たまお》のときにはあたしも若かったし、しかも、入り婿として気が張っていたせいか父親《ておや》としての自覚に欠けたところがあったが、紀緒の場合は父親というより、どちらかといえば、祖父のような気持で接することが出来るんでね」

「けど、それじゃ、玉緒ちゃんが面白《おもしろ》くねえんじゃ……」

佐吉は梳櫛《すきぐし》で政五郎の髪を梳《す》きながら、ちらと鏡を流し見た。

「玉緒が紀緒に肝精を焼くってことかえ？」

「世間でよく言うではありやせんか。下の子が出来た途端、上の子が赤ちゃん返りするって……」

「ああ、そのことね。いや、その点はおりくがよく心得《こころえ》ているのでね。紀緒は極力《きょくりょく》乳母《うば》の手に委《ゆだ》ね、おりくはどちらかといえば玉緒の傍《そば》についていてやることのほうが多いんでね。おりくには玉緒の心が手に取るように解っている……。玉緒は母親が幼《おさな》馴染《なじみ》の男に殺《あや》められたときに隣室にいて男の声を耳にしてしまい、それが原因《もと》で声が出なくなるほどの衝撃を受けてしまったのだからね。幼心にも、あの娘《こ》がどれだけ疵《きず》ついたことか……。その心を解《ほぐ》してやったのがおりくです。以来、おりくは玉緒の母……。あたしの後添《のちぞ》いになり腹を痛めた子を産《う》んでからも、おりくがまず一番に考えてやるのは、玉緒といってもよいだろう……。あの女ごはそんな女ごなんですよ」

成程《なるほど》、おりくならそうかもしれない。

紀緒のほうは放っておいても我が腹を痛めた娘に違いないが、繊細《せんさい》で才気《さいき》走《ばし》った玉緒には、格別気をかけてやらなければならないと思うのであろう。

「いかにも、おりくさんらしいや……」

佐吉がぽつりと呟く。

「えっ、なんだって？」

「いえ、別に……。優《やさ》しい女《ひと》でやすからね、おりくさんは……」

佐吉は慌てた。

政五郎は佐吉がおりくに想《おも》いを寄せていたことを知らない。

おりくは政五郎が田口屋の婿養子に入ったときに、深川の実家《さと》から、お端女として連れて来た娘であった。

よって玉緒には、生まれたときから傍にいるおりくは、母の次に慕《した》わしき女《ひと》……。

ところが、政五郎は女房のお鶴《つる》を亡くすと、敢えておりくを深川へと追い返した。

お鶴が生きていれば他人《ひと》が無責任な噂《うわさ》を流すことはないが、女房に死なれてしまうと、待っていましたとばかりに目引き袖《そで》引き流言《りゅうげん》を流す。

政五郎はそれを懸念《けねん》したのであろう。

が、玉緒にはそれは通じなかった。

母を失ったうえに、おりくまで失っては……。

当時七歳だった玉緒は、父親《てておや》に後添いの話が出るや、家出騒動まで引き起こし、おりくを再び田口屋へと呼び戻したのである。

その後、政五郎はおりくを正式に後添いとして迎えることになったのだが、おりくに淡《あわ》い想いを寄せていた佐吉の心は千々《ちぢ》に乱れた。

玉緒のことを思えば悦んでもよいことなのに、何故《なぜ》かしら、心《しん》から悦べなかった。

佐吉はおりくに火事で失った母の面影《おもかげ》を重ね合わせていただけに、絶望の淵《ふち》へと追いやられてしまったのである。

そんな佐吉の想いを、政五郎もおりくも微塵芥子《みじんけし》ほども知らない。

「それで、今日はどう致しやしょう。たまには辰松風《たつまつふう》に結いやしょうか」

佐吉は話題を変えた。

「いや、いつもの二つ折りにしてくれ」

するとそこに、おりくが玉緒の手を引き、居間に入って来た。

背後に赤児《やや》を抱いた乳母と、盆を手にしたお端女を引き連れている。

「おいでなさいませ」

おりくは鬢盥《びんだらい》の傍に坐《すわ》ると、深々と辞儀をした。

「佐吉あんちゃん、いらっしゃい！」

玉緒はそう言うと、ちらと乳母に目をやった。

どうやら、佐吉に赤児《やや》を見ろということらしい。

「玉緒ったら、佐吉さんにどうしても赤児《やや》を見せると言いましてね」

おりくが愛《いと》おしそうに、ねっと玉緒に目まじする。

「そう言えば、おまえさんが紀緒を見たのは、まだ首が据《す》わらない頃ではなかったかな」

政五郎も満足そうに目尻を下げる。

「ええ。いつお伺《うかが》いしても、赤児《やや》は眠っているとかで……。なんと、赤児って半年ほどでこんなにもしっかりするものなんですね。目許《めもと》なんて、お玉ちゃんそっくりだ……」

「そうだよ！　だって、玉緒の妹だもん。ねっ、おっかさん、そうだよね？」

玉緒がおりくの顔を覗《のぞ》き込む。

その刹那《せつな》、佐吉の胸が熱いもので一杯になった。

玉緒がおりくのことをおっかさんと呼び、おりくが玉緒をちゃん付けでなく、玉緒と呼んでいるのである。

おりくが政五郎の後添いになったばかりの頃は、おっかさんと呼べずに、おりく、と呼び捨てにしていた玉緒……。

それまで使用人であったのだから仕方がないといっても、それではあまりにも寂《さみ》しすぎるではないか……。

佐吉は我がことのようにそう案じていたのだが、どうやら、紀緒が生まれたことで、玉緒の中で変化があったようである。

おりくを紀緒だけのものにしないためには、自分もおりくをおっかさんと呼ばなければならないと……。

佐吉はほっと安堵の息を吐いた。

「どうだえ、佐吉さん。おまえさんもそろそろ所帯を持ったら……。そうすれば、すぐにおまえさんだってこんな赤児《やや》が持てるんだからよ」

政五郎は何気なく口にしたのであろうが、佐吉はきやりとした。

「ホント！　佐吉さんは確か二十六、いえ、七だったかしら？　そろそろ所帯をお持ちになってもよい頃ですものね」

おりくも言う。

「いえ、あっしはまだ……」

そう言いかけたとき、乳母の隣に坐ったお端女に何気なく目がいった。

「お茶をどうぞ」

お端女が怖《お》ず怖ずと茶を勧《すす》める。

見慣れない顔だった。

年の頃は二十二、三歳であろうか……。

色白で、雛《ひな》を思わせる涼《すず》やかな面差《おもざ》しをしている。

「あら、佐吉さん、初めてだったかしら？　一廻《ひとまわ》り（一週間）ほど前に入ったお倭香《わか》という娘《こ》なんですよ」

おりくがそう言うと、お倭香は改まったように三つ指をついた。

「お倭香にございます。宜《よろ》しくお願い致します」

「いや、あっしのほうこそ……」

佐吉もぺこりと頭を下げる。

「では、お倭香。もうそろそろ旦那さまの髷《まげ》が結い上がるでしょうから、中食《ちゅうじき》の仕度をして下さいな」

「畏《かしこ》まりました」

お倭香が辞儀をして、居間を辞す。

「今後は、あの娘《こ》に佐吉さんの中食の仕度をさせますので、気づいたことがあればなんなりと言ってやって下さいね」

「へい」

佐吉は会釈《えしやく》をして、髷の仕上げにかかった。

廻り髪結《かみゆい》は日に何軒か得意先を廻るが、佐吉の場合は定廻《じようまわ》り同心の佐伯隼太《さえきはやた》の組屋敷を皮切りに、大店《おおだな》を数軒廻って、正午前に小舟町《こぶなちよう》の田口屋で主人《あるじ》政五郎の髷を結う。田口屋は顎付《あごつき》という約束だったので、政五郎の髷を結い終えると、厨《くりや》の板間で中食が振る舞われた。

中食は決して馳走ではなく他の店衆《たなし》と同じ賄《まかな》いだったが、ご飯や汁は何杯でもお代わりが許されたし、鏡開きには鏡汁《かがみじる》、小正月には小豆粥《あずきがゆ》やせち汁、二月の事始《ことはじめ》にはお事汁《ことじる》といった祝儀ものが振る舞われるとあって、年中三界暇《ねんじゆうさんがい》なしの猫字屋の息子佐吉には、ほっと息を吐くひとときでもあった。

その賄いの世話をこれからはお倭香がするというのである。

「おう、今日もよい結い上がりだ。ご苦労だったね、佐吉さん」

政五郎が手鏡で髷を確かめ、満足そうに頷く。

「では、お倭香が仕度をしているでしょうから、厨のほうにどうぞ」

おりくが佐吉を促《うなが》す。

佐吉は手早く鬢盥の中に鋏や梳櫛を片づけ、櫛畳《くしたとう》を折り畳《たた》む。

その刹那、佐吉の胸がきやりと揺れた。

政五郎とおりくが顔を見合わせ、目弾《めはじき》をしたように思えたのである。

ふと、お倭香のことが頭を過《よ》ぎった。

まさか、この二人は自分とお倭香をくっつけようとしているのではあるまいか……。

が、慌ててその想いを振り払うと、

「それじゃ、馳走《ごち》になってめえりやす」

と立ち上がった。


佐吉が田口屋を後にしたのは、九ツ半（午後一時）頃だった。

今日の廻り髪結はこれで終《しま》いである。

常なら、この後油屋《あぶらや》という小間物屋に廻るのだが、油屋の旦那はここ数日伊豆《いず》に湯治《とうじ》に出掛けているとかで、ほぼ一刻《いっとき》（二時間）ほどの空白が出来たのである。

八ツ半（午後三時）から佐伯の御用《ごよう》で八丁堀《はっちょうぼり》に出掛けなければならないが、ほんの束《つか》の間であれ猫字屋で身体《からだ》を休めたかった。

そう思い、佐吉は西堀留川《にしほりどめがわ》沿いを荒布橋《あらめばし》に向けて歩いて行った。

けど、ありゃ一体《いってえ》なんだったのだろうか……。

佐吉は歩きながら、仕こなし振りに顔を見合わせた政五郎とおりくを、再び思い出す。

と言っても、廚の板間で給仕するお倭香には別に変わったところはなかったように思う。

「お代わりは？　あら、もういいんですか……」

そう言って、恥ずかしげに肩を竦めたお倭香は愛らしくはあったが、おりくに初めて出逢《であ》ったときの稲妻《いなずま》に打たれたかのような衝撃は覚えなかった。

おりくに初めて出逢ったとき、佐吉は思わず言葉を失い、わなわなと身体が顫《ふる》えた。

面差しが何故かしら母に似ていたのである。

小柄で細身《ほそみ》ではあるが、どこか日陰にひっそりと咲く、山野草のような女性……。

手折《たお》ればすぐに萎《しお》れてしまいそうで、それでいて、芯《しん》にきりりとした強さを秘《ひ》めた女《おな》ご……。

七歳のとき火事で母を失った佐吉にはどこまではっきりと母の面影《おもかげ》が残っているのか判らないが、子供心にもどこかしら儚《はかな》げに見えた母が、糟喰《かすくらい》（酒飲み）の父親《てておや》を抱えながらも、夜の目も寝ずに働いていたのを憶《おぼ》えている。

その母の姿に、どこかしらおりくが重なって見えてしまったのだった。

やがて、それは切《せつ》ないまでの恋心に変わり、政五郎の髪を結う最中《さなか》におりくが茶を運んで来ても、胸の中では嵐が吹き荒れ、まともに目を合わせられなくなった。

おりくは田口屋のお端女といっても、政五郎には遠縁に当たる女ご……。

高嶺《たかね》の花と諦《あきら》めようと思えば思うほど、ますます想《おも》いは募《つの》っていった。

ところがお倭香にはなかなかよさそうな女ごだと感じても、それ以上の感情が湧《わ》かないのである。

ヘン、俺ャ、何を思い上がってるんでェ！

佐吉は自嘲《じちよう》するかのように鼻で嗤い、足許《あしもと》の小石をポンと蹴《け》り上げた。

小石が川べり道をコロコロと転がっていき、音を立てて川の中に落ちた。

政五郎やおりくがそろそろ所帯を持ったほうがよいと言ったのは世辞口《せじぐち》で、別に他意《たい》があったわけではないのである。

それなのに、俺ャ、お倭香を妙に意識してしまったんだからよ……。

お倭香に特別の感情が湧かないなんて、偉そうなことを！

佐吉は穴があったら入りたいような想いに忸怩《じくじ》とした。

ところが、荒布橋まで戻って来たときである。

木戸に近づこうとして、佐吉はおやっと脚を止めた。

三十路《みそじ》もつれの女ごが、木戸の柵《さく》から照降町の通りを窺っているのである。

木戸を潜《くぐ》ると左側に木戸番小屋があり、通りを挟《はさ》んで右側が自身番……。

が、女ごの視線は木戸番小屋に釘付《くぎづ》けとなっていた。

何を見ているのだろうか……。

佐吉がそう思ったとき、小屋の前に坐り込み、地べたに小枝で絵を描《か》いているお梅の姿を捉えた。

お梅は一心不乱《いっしんふらん》に小枝を動かしている。

松太郎や竹次郎の姿が見えないのは、小屋の中で遊んでいるからであろうか……。

女ごは人目《ひとめ》が気になるのかちらと四囲《しい》を窺ったが、誰にも不審《ふしん》に思われていないと見るや、再び、お梅に視線を返した。

と、そのとき、小屋の中から竹次郎が飛び出して来て、続いて追いかけるようにして松太郎も出て来た。

佐吉の位置からでも、女ごの背中がぎくりと硬直したのを見て取れた。

女ごは思わず一歩後退ったが、松太郎と竹次郎がべい独楽の奪い合いを始めると、再び木戸の柵に顔を押しつけるようにして子供たちの動きを凝視《ぎょうし》した。

「竹坊、狡《ずる》いや！　今度はおいらの番じゃねえか。返《けえ》せよ、ほら、早く！」

松太郎が竹次郎の手にしたべい独楽《ごま》を奪おうとする。

「嫌だ！　これはおいらがおいちゃんから貰ったんだもん。あんちゃんはメンコを貰ったじゃねえか！」

「違わい！　おいちゃんは代わり番こに遊べと言ったんだ。竹坊は朝からずっと独楽でばかり遊んで、おいらにちっとも貸してくれねェじゃねえか。狡いよ、そんなの！」

どうやら、伊之吉《いのきち》が男の子二人にべい独楽とメンコを与え、代わり番こに遊べと言ったが、すっかり独楽を気に入ってしまった竹次郎が松太郎に貸そうとしないようである。

「ほれほれ、二人とも喧嘩《けんか》しちゃ駄目じゃないか！　木戸番のおっちゃんはなんて言った？　仲良く代わり番こに遊ぶようにって言ったんだろ？　それが守られないのなら、おばちゃん、独楽もメンコも取り上げてしまうよ。いいのかえ？」

おすえが前垂れで手を拭《ぬぐ》いながら出て来る。

松太郎と竹次郎は顔を見合わせ、首を竦めた。

「風が少し冷たくなってきたから、さっ、中にお入り。おや、お梅ちゃん、絵を描いていたのかえ？　何を描いたの？」

おすえが小腰《こごし》を屈《かが》め、地べたを覗き込む。

「おとっつァん……。これがおとっつァんでちょ？　そして、これが松あんちゃんで、これが竹あんちゃん……」

お梅が得意げに説明する。

「おや、お梅ちゃんがいないじゃないか……」

おすえがそう言うと、松太郎がぷっと噴き出した。

「お梅はこれだよ。おとっつァんに肩車《かたぐるま》をしてもらってるつもりなんだぜ！」

成程、言われてみれば、得次郎の肩の上に、背後霊《はいごれい》のような小《ち》っちゃなものが乗っかっている。

「これが肩車だって？　肩車なら両脚が前に出てねえといけねえが、これじゃまるで瘤《こぶ》が乗っかっているようじゃねえか！」

竹次郎がキャッキャッと嗤う。

「違うもん……。肩車だもん……」

お梅は泣きべそをかきそうになった。

おすえがお梅を抱え上げる。

「そうだよね。肩車だよね。おばちゃんにはお梅ちゃんがおとっつァんに肩車してもらっているように見えるよ。さっ、中に入ろうか。そろそろ小中飯《こじゅうはん》（おやつ）だけど、今日は何がいいかな？」

「おいら、焼芋《やきいも》！」

透《す》かさず、竹次郎が答える。

「おや、焼芋でいいのかえ？　お安いご用だ。焼芋なら売るほどあるからさ！」

おすえがお梅を抱いて小屋の中に入って行く。

松太郎と竹次郎も後に続いた。

すると何を思ったのか、松太郎がふと木戸のほうを振り返った。

柵に顔を擦《す》りつけていた女ごが、ハッと背を向ける。

が、松太郎は女ごに気づかなかったのか、小屋の中へと駆け込んで行った。

その様子を背後から眺《なが》めていた佐吉が、意を決して、刻《きざ》み足に木戸に寄って行く。

間違いなく、この女ごは松太郎たちの母親、お阿木《あき》……。

胸の内では、そう確信していた。

すると気配に気づいたのか、つと女ごが振り返り、佐吉の顔を見るや逃げるようにして、日本橋川《にほんばしがわ》へと急ぎ足に歩いて行った。

佐吉は女ごの後を追った。

ところが女ごの脚は存外に速かった。

しかも、手にした鬢盥《びんだらい》の重さに佐吉の身体が片側に傾き、上手《うま》く走れない。

思案橋《しあんばし》を渡りきったときには、完全に女ごの姿を見失っていた。

佐吉は橋の欄干《らんかん》に凭《もた》れ、ハァハァと肩息《かたいき》を吐いた。

全身の力が抜け落ちたみたいで、次第にあの女ごがお阿木だという確信も薄れていく。

土台《どだい》、確信も何も、佐吉はお阿木という女ごを知らないのである。

人の噂では、男心をそそるなかなかのぼっとり者だというが、それにしては女ごの窶《やつ》れた感じが引っかかった。

三人の子を残し、まるで神隠しにでも遭《あ》ったかのように姿を消したのが二年前というから、その後、筆舌《ひつぜつ》に尽くしがたい辛酸《しんさん》を嘗《な》めたとも考えられるが、それなら何故、今頃になって姿を現したのであろうか……。

やっぱ、俺の思い過ごしなのかもしれねえ。

余所の子だろうとつい脚を止め、遊ぶ姿に見入ってしまうってことがないとも限らねえからよ……。

佐吉は太息を吐くと、思案橋をとろとろと小網町《こあみちょう》一丁目のほうへと引き返して行った。

なんだか一人相撲《ひとりずもう》をしたようで、虚《むな》しさにどっと全身に疲弊《ひへい》が襲いかかってくる。

でィでィ、でィでィ……。

雪駄直《せったなお》しの呼び声までが、佐吉を嘲笑《あざわら》っているように思えた。


「おや、どうしたえ？　疲れた顔をして……」

おたみが佐吉の姿を認め、訝しそうな顔をする。

「若《わけ》ェもんがなんでェ！　俺なんぞ、四十路《よそじ》を過ぎたってェのに、見なよ、この身体を……。現在《いま》でも二才子供《にせえこども》（青二才）なんかに負けてねえからよ！」

植木職人の太作《たさく》が袖を捲《めく》り上げ、力瘤《ちからこぶ》を作ってみせる。

「何言ってやがる！　おめえはろくに仕事もしねえで半日猫字屋に坐り込み、くだを巻いてるだけじゃねえか。それに引き替え、佐吉さんはよ、朝早くから得意先を廻《まわ》り、午後からは佐伯さまの小者《こもの》を務《つと》めているんだ。おまえさんなんかと比べられるわけがない！」

煙草屋《たばこや》のご隠居が煙管の雁首《がんくび》を灰吹きにポンと打ちつけ、太作をじろりと睨めつける。

「へへっ、太作の奴、言われてやんの！」

左官の竜次《たつじ》がちょっくら返す。

佐吉は待合の常連客にひょいと会釈すると、何も言わずに奥の茶の間へと入って行った。

「まっ、なんだろ、あの態度は！　済んませんね。恐らく疲れてるんだろうから、許してやって下さいね」

小料理屋ふじ半《はん》の女将《おかみ》お涼《りよう》の島田《しまだ》くずしを結っていたおたみが、気を兼ねたように待合の客に頭を下げる。

「いいってことよ！　気にする者なんていないさ。正な話、佐吉さんは疲れてるんだよ。佐伯さまの御用で忙しいんだろうし、現在《いま》、銀造親分の下っ引きと交替で松島町《まつしまちよう》の陰陽師《おんみょうじ》を張り込んでるんだってね?」

お涼が鏡の中のおたみに目まじする。

「佐吉が張り込みって……。いえ、あたしは何も聞いてませんよ。亡くなったうちの男《ひと》(嘉平《かへい》)もそうだったけど、うちでは一切《いっさい》御用の筋を話しませんからね」

おたみはそう言ったが、ふと眉根《まゆね》を寄せた。

そう言えば、此の中、佐吉は夜が明けてからしか戻って来ないのか……。

おたみもおけいも佐吉の帰りを起きて待っていることが出来ずに先に眠ってしまうのだが、三日前、六ツ(午前六時)前に起きたところ、佐吉はもう茶の間に坐っていた。

では、あれは佐吉が早起きしたのではなく、張り込みから戻って来たばかりだったのだろうか……。

あのとき、佐吉は朝餉を食べると、鬢盥を手に佐伯の組屋敷に出掛けて行った。

ということは、佐吉は一睡もしないで廻り髪結に廻ったということになる。

あたしはなんと極楽《ごくらく》とんぼなのだろう……。

そうと解っていたら朝餉に精《せい》のつく生卵《なまたまご》をつけてやるんだったし、犒《ねぎら》いの言葉のひとつもかけてやったのに……。

おたみの胸がじくりと疼《うず》く。

「ああ、やっぱり佐吉さんは何も喋《しゃべ》っていないんだ……。そりゃそうだよね。お上《かみ》の御用を務める男が、家でべらべら喋ったのでは世間に示しがつかないもんね」

「けれども、お涼さんは何故それを……」

「松島町の陰陽師のことかえ？　なに、見世《みせ》で客が話しているのを小耳に挟んだもんでね」

「おっ、松島町の陰陽師といえば、柳井《やない》白水《はくすい》とかいう儒者《じゅしゃ》だろう？　そいつの張り込みとは穏《おだ》やかでねえが、一体《いってえ》何をやらかしたってェのよ」

待合から太作が身体を乗り出すと、竜次も煙草屋のご隠居も興味津々とばかりにお涼を瞠めた。

「知るわけがないだろ！　あたしはただその陰陽師に張り込みがついてると小耳に挟んだだけなんだから……」

「なんでェ……。たったそれだけかよ」

太作が拍子抜《ひょうしぬ》けしたような顔をする。

「酒の席のぐだ咄《ばなし》なんて信用できませんからね」

煙草屋のご隠居がやれと太息を吐くと、竜次が仕こなし顔で、けど、俺ャ、そうは思わねえ、と皆を見廻す。

「俺が聞いた話じゃ、あの柳井とかいう陰陽師は魂呼《たまよ》びといっては高ェ《たけ》金を取るそうでよ。怨霊《おんりよう》を祓《はら》わなければおまえの生命《いのち》はもう永《なが》くはないなんて言われてみな？　誰だって、無理してまで金を作らなきゃと思うじゃねえか……。陰陽師に払う金を作るために高利の金を借り、それが原因《もと》で首括《くびく》りした者がいるというからよ」

「そんな莫迦な……。本末転倒《ほんまつてんとう》もいいところ！　それではなんのために陰陽師にかかったのか……」

煙草屋のご隠居が呆《あき》れ返ったような顔をする。

「ほらほら、皆、いい加減なことを言うもんじゃないの！　余所で言うのはおまえたちの勝手だが、うちには佐吉がいるんだからね。ここで知ったかぶりに見ぬ京物語をするのは、このあたしが許さないからね！」

おたみは業が煮えたように待合を鳴り立てた。

「ごめんよ。あたしが余計なことを言ったばかりに……」

お涼が上目《うわめ》に鏡の中のおたみを窺う。

「いえ、お涼さんに言ったわけじゃないんですよ。ただ、太作たちはどこかで釘《くぎ》を刺しておかないと、方図《ほうず》がないもんだから……」

おたみはそう言うと、笄《こうがい》に髪を八の字に巻きつけていく。

島田くずしは御殿女中の下級者が結ったしの字髷を原型とし、粋筋《いきすじ》好みの髪型である。

お涼は以前はつぶし島田、片はずし、ばい髷とその日の気分によって結い分けていたが、この頃うち、よほど島田くずしが気に入ったとみえ、もっぱらこの髪型で徹《とお》していた。

「いつ見ても、お涼さんの髪には惚《ほ》れ惚《ぼ》れするねえ……。あたしなんか島田くずしを結おうにも髪の量が少なくてさ。どうしても鬢刺《びんさし》や鬢張《びんはり》の世話にならなきゃなんない……」

お涼の隣でおよしに燈籠鬢《とうろうびん》を結ってもらっていた亀松《かめまつ》の女将お蓮《れん》が、羨《うらや》ましそうに言う。

「あら、燈籠鬢も粋でいいじゃないですか」

「てんごうを……。地毛《じげ》が少なくなったのをごまかすために、こうして小物を使って鬢を大きく見せてるんじゃないか」

お蓮が悔《くや》しそうに横目でお涼の髷を見る。

燈籠鬢は鍋《なべ》の蔓《つる》のように円を描《えが》いた鬢張を中に差し込み鬢を張らせるのだが、どちらかといえば、地毛の少ない年配の粋筋に好まれた。

が、髪は女ごの生命《いのち》と言われるように、お蓮にしてみれば地毛だけで纏める島田くずしを見ると、口惜《くちお》しくて堪らないのだろう。

「さあ皆、お涼さんからの差し入れだよ！」

厨《くりや》からおけいが菓子鉢を運んで来る。

「差し入れだって！」

「こいつァいいや。丁度、小腹《こばら》が空《す》いたところだからよ」

太作や竜次が色めき立つ。

おけいは待合の長火鉢《ながひばち》の傍に坐ると、菓子鉢の蓋《ふた》を開けた。

「おっ、鹿子餅《かのこもち》じゃねえか！」

「お涼さん、人形町《にんぎようちよう》まで行ったのか？」

「いえね、下男の留三《とめぞう》に人形町までお遣《つか》いを頼んだもんだから、帰りに買ってきてもらったんだよ。皆、遠慮しないで食べておくれ」

「誰が遠慮をしようかよ！」

太作が早速《さつそく》鹿子餅に手を出す。

「今、お茶を淹れるから少し待てばいいのに、まったくもう……」

おけいがやれといった顔をして、茶の仕度をする。

「済んませんね、お涼さん。いつもこうして気を遣ってもらって……」

おたみが恐縮したように言い、結い上がった島田くずしに櫛《くし》を挿《さ》す。

「おお、よい出来だこと！」

お涼が満足そうに手鏡《てかがみ》で結い上がりを確かめる。

「ホントだ……。いつ見ても見目《みめ》よいお涼さんが、また一段と女っぷりを上げたじゃねえか！」

太作が伸び上がるようにして、おべんちゃらを言う。

「太作さん、餅を貰ったからって、そんな見え透いた世辞口を叩かなくてもいいからさ！　じゃ、あたしは用があるんで、おさらばえ」

お涼が帯の間から早道《はやみち》（小銭入れ）を取り出し、おけいに穴明き銭（四文）を十枚手渡す。

「えっ、せっかくお茶が入ったというのに、鹿子餅を食べていかないんですか？」

「なに、うちにも買ってあるんだよ」

おけいは穴明き銭を手に、気を兼ねたようにお涼に目まじした。

「いつも済みませんね」

「なに、いいってことよ。塵《ちり》も積もればだからさ……。じゃあね！」

お涼は片手を上げると、いそいそと油障子《あぶらしょうじ》の外へと出て行った。

おけいが金箱の中に穴明き銭を八枚入れ、残りの二枚を茶筒《ちゃづつ》の中に放り込む。

鈍い音がしたのは、茶筒の中にかなりの小銭が貯まったということであろう。

通常、髪結代《かみゆいだい》は二十八文から三十二文……。

お涼が四十文払ったということは、残りは心付け、つまり、皆の小中飯に充ててくれということなのである。

おけいが長火鉢の傍に戻ると、盆に湯呑を載せて皆に配って廻る。

「はい、おっかさん。姉ちゃんも少し手を休めたらいいのに……。ねっ、お蓮さん、いいですよね？」

おけいがお蓮の顔を覗き込む。

「ああ、いいともさ。正な話、あたしも喉《のど》が渇《かわ》いてたんだよ」

お蓮にそう言われると、およしも手を休めないわけにはいかない。

髷は粗方《あらかた》結い上がり、あとは櫛笄《くしこうがい》を挿すだけだったので、およしも手洗いに立った。

「けどさ、ふじ半にあんなふうにいい恰好《かっこう》をされたんじゃ、亀松もうかうかとしていられないじゃないか！　次に来るときには何か土産《おみや》を持ってこなくちゃね……」

お蓮が忌々《いまいま》しそうに唇を嚙《か》み、茶を口に含む。

「いえ、いいんですよ。どうかお気遣《きづか》いなさいませんように……。うちはお持たせがあろうとなかろうと、皆さんに分け隔《へだ》てなく接していますからね。それに、お涼さんは柳橋《やなぎばし》にいた頃からあの気質《きしつ》でしてね。姐御肌《あねごはだ》というか鉄火《てつか》というか、とにかく他人《ひと》の面倒を見ないと気が済まないんですよ。ですから、自分のすることがそんなふうに思われていると知れば、さぞや気落ちされるでしょうよ。さっ、あたしたちも鹿子餅を頂《いただ》こうじゃありませんか！」

おたみはお蓮の気を取りなすように言うと、鹿子餅を口に運んだ。

お蓮も渋々と手を出したが、心なしか、その頰が弛《ゆる》んでいる。

「あたしさ、本当のことを言うと、鹿子餅に目がないんだ！　この餅の上に斑《まだら》についた小豆《あずき》が堪んなくてさ……」

お蓮が首を竦める。

なんだえ、拗《す》ねたようなことを言って、結句、自分も食べたかったんじゃないか……。

おたみはそう思ったが口には出さず、おけいに声をかけた。

「佐吉は？　あんちゃんにも持って行っておあげ」

「要《い》らないんだって……」

「要らないって？　で、現在《いま》何をしてるんだえ？」

「さあ……」

おけいが首を傾げると、計《はか》ったように佐吉が茶の間から出て来た。

「佐吉、丁度よかった！　お茶と鹿子餅をお上がりよ」

佐吉はちらとおたみを見たが、要らねえ、と上がり框《かまち》へと歩いて行く。

「お待ちよ。おまえ、一体どこに……」

佐吉は振り返ろうともせずに、八丁堀だよ、決まってるじゃねえか、と呟いた。

「そうかえ……」

おたみにはもう何も言うことが出来ない。

佐吉が雪駄を突っかけると、油障子をガラリと開ける。

冷たい風がすっと入ってきた。

「まったく、あの子ったら愛想《あいそ》なしで……」

おたみが寂しそうにぽつりと呟く。

「佐吉さん、二十七だろ？　あのくらいの歳の男って何を考えてるんだか……。おたみさん、そろそろ佐吉さんに所帯を持たせちまいなよ。嫁でも貰えば、少しは角が取れるかもしれないしさ！」

お蓮が仕こなし顔に言う。

おたみは狼狽《うろた》えた。

佐吉に嫁って……。

言われてみれば、佐吉はそろそろ所帯を持ってもよい歳なのである。

が、これまでそんなことは微塵芥子ほども考えていなかったおたみは挙措を失った。

「どうしたえ、その顔は……。まさか、佐吉さんを嫁に盗《と》られると思ってるんじゃないだろうね？」

「そんな……。そんなことはないさ。あたしも佐吉に嫁が来てくれれば、どんなに安堵することか……」

「だろう？　およしちゃんが嫁に行き、猫字屋は人手不足なんだからさ。そりゃ、現在《いま》はおよしちゃんが手伝ってくれてるよ。けど、いずれは赤児《やや》が出来るだろうし、そうしたら、ここに通って来られなくなるんだよ。そのときになって慌てたって遅いんだからさ！」

およしに赤児《やや》って……。

おたみはますます狼狽えた。

四月前《よつき》、およしは坂本町《さかもとちょう》の紅藤《べにふじ》の主人藤吉《とうきち》の後添いに入ったばかりである。

現在《いま》は、およしが抜けると猫字屋が手不足になるから、と藤吉のお声掛かりでおよしがここに通って来てくれているが、いつ二人の間に赤児《やや》が出来てもおかしくはない。

そんなことは、およしを嫁に出したときから解っていたことだし、いずれ佐吉に嫁を取らないといけないとも解っていた。

それなのに、この慌てぶりはどうだろう……。

おたみはそう思うと、不甲斐《ふがい》なさに涙が出そうになった。

「あれっ、そう言えば、およしちゃんは？　確か、手を洗いに行ったと思ったが、まだ戻って来ないとは……」

お蓮に言われ、おたみはハッと我に返った。

「おけい、およしを見てきておくれ！」

おけいが厨《くりや》へと入って行く。

「姉ちゃん！」

おけいの甲張《かんば》った声が聞こえてきた。

「どうしたの？　具合が悪いの？　嫌だ……。吐いちゃったんだ！」

おたみとお蓮はさっと顔を見合わせた。

おたみの胸が早鐘《はやがね》を打つ。

まさか、そんな……。およしに赤児《やや》が……。

おたみは小走りに厨へと急いだ。

お蓮が、ほら、言わぬこっちゃないといった顔をしていたのが、妙に気になってならなかった。

3

「聞いたよ、おたみさん。およしちゃん、お目出度《めでた》なんだって?」

夕餉《ゆうげ》の惣菜《そうざい》を運んで来たおすえが、おたみの顔を見るや声をかけてきた。

「そうなんだよ。三月《みつき》だってさ……」

結床《ゆいどこ》の片づけをしていたおたみが手を止め、上がり框《かまち》に寄って来る。

「すると、生まれるのは五月頃か……。産婆《さんば》に診《み》せたんだろ? で、どうなのさ、およしちゃんの按配《あんばい》は」

「悪阻《つわり》が酷《ひど》くってね。匂《にお》いを嗅《か》いで吐き気がするなんて生易《なまやさ》しいもんじゃないんだよ。食べ物の話をしただけで、流しに走って行く有様でさ……。あたしはそこまで悪阻が酷くなかったもんだから、およしの辛《つら》さが解らなくてさ。おすえさん、おまえさんはどうだった？」

おすえは首を傾げ、嫌だァ……、と笑い出した。

「あんまし昔のことで忘れちまったよ。けど、忘れちまったってことは、大して酷くなかったってことなんだろうね」

おすえとおたみが顔を見合わせ、くくっと肩を揺する。

おたみは男神《おがみ》の親分と皆から慕われた嘉平との間に男児を儲《もう》けたが、流行風邪《はやりかぜ》で三歳のときに失っていた。

一方、おすえと伊之吉の娘おくみは、五歳のときに東堀留川《ひがしほりどめがわ》に落ちて水死している。たった一人の子を失ったという想いがおたみとおすえの絆《きずな》を一層深めたのだが、二人とも子を亡くしたときの辛さは憶えていても、産んだときどうだったかまでは憶えていないとは……。

そんな想いが、二人に苦笑させてしまったのである。

「じゃ、今日はおよしちゃんは仕事にならなかったんだね」

おすえが気遣わしそうにおたみを見る。

「そうなんだよ。何しろ鬢付油《びんつけあぶら》の匂いまでが鼻につくってんだから、悪阻が治《おさ》まるまで暫《しばら》くここには来られないかもしれないね。およしはお腹《なか》の赤児《やや》が安定したら、生まれるまで通って来ると言ってるけど、さあ、藤吉《とうきち》さんが許してくれるかどうか……。だって、あの男《ひと》、最初《はじめ》の女房をお産で亡くしてるだろ？　二度と同じ轍《てつ》を踏みたくないだろうから、無理をさせないと思うんだよ」

「そうだね。その可能性は大だね。けど、そうなった場合、猫字屋はどうすんのさ。組合に話して、誰か雇人《やといど》（助っ人）を廻してもらうかえ？」

「ああ、そうするよりほかないね。と言っても、急なことで適当な人が見つかるかどうか……。まっ、最悪、あたしとおけいで廻すしかないと覚悟しているよ」

「あたしに助《す》けることが出来たらね……。何しろ、木戸番小屋を空《あ》けるわけにはいかないし、それにほら、三人も子を預かってるだろ？　せいぜい、これまで通り、夕餉のお菜を運んで来ることくらいしか出来なくてね」

「それだって大助かりで感謝しているんだよ。おすえさんにこれ以上の迷惑をかけられっこない！　いいんだよ、なんとかなるさ」

「そうだ！　じゃ、こうしよう。これまでは夕餉のお菜しか運んで来なかったけど、これからは中食も運ぶことにするよ」

おすえがこれは妙案《みょうあん》とばかりに、ポンと胸を叩く。

「だって、おまえさんだって忙しいのに……」

「いいってことさ！　ここんちのためにわざわざ作るわけじゃなく、うちの中食を作るときにおまえさんたちの分を余分に作るだけなんだからさ。だって、考えてもごらんよ。これまでは日中およしちゃんがいてくれたから、おけいちゃんが厨《くりや》に立つことが出来たけど、これからはそうはいかなくなるんだよ？　それにさ、おゆきちゃんが毎日のように魚を届けてくれるんだ。ううん、魚だけじゃなく、野菜や乾物も……。余分に買ったのでお裾《すそわ》分けだとか、売れ残りの魚を貰ってくれなんてその度《たび》に言い訳をつけているけど、そうじゃないんだよ。あたしが気を兼ねないようにと気を遣ってくれてるんだ……。あたし、涙が出るほど嬉しくって……」

「有難いことだね」

「ほら、今宵のお菜だって、鯖《さば》の味噌煮《みそに》に小松菜《こまつな》のお浸《ひた》し、鹿尾菜《ひじき》と油揚《あぶらあげ》の煮付《につけ》……。これって、殆《ほとん》どおゆきちゃんが持って来てくれた材料で作ったんだからさ！」

おすえがそう言い、諸蓋《もろぶた》を手渡す。

諸蓋の中には、鯖の味噌煮の入った小鍋やお浸しの入った鉢が……。

おたみの胸がじんと熱くなる。

「有難うよ。本当に有難うよ」

「何言ってんだよ……。じゃ、あたしはこれで帰るよ。夕餉を済ませたら、亭主が自身番に顔を出さなきゃならないんでね」

「伊之さんが自身番に？　何かあったのかえ……」

おたみがそう言うと、おすえはつと顔を曇《くも》らせた。

「それがさ、松坊の親戚《しんせき》ってのが見つかったんだってさ」

「えっ……。江戸にいたのかえ？」

おすえが辛そうに唇を嚙む。

「得さんの従姉《いとこ》ってのが、品川宿《しながわしゅく》の立場《たてば》茶屋《ぢゃや》に嫁《とつ》いでいてさ。銀造親分が掛け合ったところ、三人も子は引き取れないが一人ならと答えたそうなんだよ」

「一人だなんて……。おまえさん、あの子たちをばらばらにしちゃならないと言ってたじゃないか！」

おたみが声を荒げる。

「勿論《もちろん》、そうだよ！　だから、あたしは亭主に言ってやったんだ。今宵の寄合には何がなんでもおまえさんが顔を出し、断固《だんこ》、三人の子を引き離してはならないと主張するんだよって……」

「ああ、それは伊之さんが顔を出さないわけにはいかないね。じゃ、早く伊之さんや子供たちに夕餉を食べさせなきゃ……」

「そうなんだよ。じゃ、帰るからさ。あっ、そうだ！　佐吉さんは？　書役さんが佐吉さんにも出てほしいって言ってたけど、まだ帰っていないんだね？」

おたみは困《こう》じ果てた顔をした。

「そうなんだよ。此の中、毎晩のように帰りが遅くてね。今宵、自身番で寄合があることを佐吉は知らないんだろ？　だったら、連絡のつけようがない……」

「いや、知ってると思うよ。八ツ半頃、八丁堀に出掛ける佐吉さんを見掛け、うちの亭主が声をかけていたからさ」

おたみはやれと息を吐いた。

張り込みも大切だろうが、佐吉は得次郎の死に深く関わっているのである。

それに、なんと言っても、現在《いま》、得次郎の遺児を木戸番小屋で預かっているのであるから、見て見ぬ振りは出来ない。

「じゃ、あたしも佐吉が帰ったら、すぐに食べられるようにしておかなきゃね」

「じゃ、頼んだね！」

おすえはそう言って帰って行った。

佐吉が猫字屋に戻って来たのは、それから半刻《はんとき》（一時間）ほど後のことだった。

「佐吉、ああ良かった。戻って来てくれたんだね。さっ、早くお飯《まんま》を食っちまいな！自身番の寄合に出るように書役さんから言われてるんだろ？」

おたみはご飯を装《よそ》いながら、ちらと佐吉を窺った。

「飯を食ってる暇なんてねえ……。もう寄合が始まってるだろうから、戻って来てから食うことにするよ」

「けど、おまえ……。それじゃひだるくって（空腹で）堪らないだろうに……。戻って来てから食べるにしても、湯漬《ゆづけ》の一杯でも掻《か》き込んでいっちゃどうだえ？」

「そうだな……。じゃ、早く湯漬を……」

おたみが慌てて湯漬の仕度をする。

「ああ、済まねえ」

佐吉はさらさらと湯漬を喉に流し込み、沢庵《たくあん》を齧《かじ》った。

「おすえさんから聞いたけど、今宵の寄合は松坊たちのことなんだってね？」

「ああ……」

「得さんの従姉ってのが、三人のうち誰か一人をと言ってるらしいけど、無論《むろん》、おまえは反対するつもりだろ？」

おたみが佐吉の腹を探るかのように、怖々《こわごわ》と訊《たず》ねる。

「……」

「どうしたえ？　何故すぐに答えられないのさ！　伊之さんもおすえさんも三人の子を離れ離れにするべきではないと言ってるが、それはおまえだって一緒だろ？　だって、おまえは得さんの最期《さいご》の言葉、忘れ扇《おうぎ》って言葉を聞いたんだよ。女房に逃げられ、得さんがこれまでどんな想いで三人の子を育ててきたか、おまえだって解るだろうに……。得さんは三人がばらばらになるのを望んじゃいなかった……。ねっ、解るだろう？」

おたみが縋《すが》るような目で佐吉を瞠める。

「ああ、解ってる。けど、正な話、品川宿の従姉ってのがどう思っているのか、俺にはまだ摑《つか》めてねえからよ……。詳《くわ》しい話を聞いてからでねえと、何も判断できねえってことでよ。まっ、すべては行って話を聞いてからってことだ」

「……」

おたみは祈るような想いで、佐吉の後ろ姿を見送った。

どうか、あの子たちが離れ離れになりませんように……。

そう祈るよりほかなかった。

自身番には、大家の惣右衛門《そうえもん》に利兵衛《りへえ》、銀造親分、書役の喜三次、店番《たなばん》の寅蔵《とらぞう》、木戸番の伊之吉が揃っていた。

「遅くなって済みやせん」

佐吉は恐縮したように頭を下げると、末席に坐った。

「で、どこまで話が進みやしたんで？」

佐吉が喜三次に訊ねる。

「そいつァ、俺から答えよう」

銀造は茶をぐびりと飲み干すと、佐吉に目を据えた。

「品川宿に得次郎の従姉がいると判ったもんだから、一昨日《おととい》、俺が訪ねて行ったのよ。丸美屋《まるみや》という立場茶屋をやっていると聞いてたんだが、それが居酒屋に毛が生《は》えたような小体《こてい》な見世《みせ》でよ。周囲《まわり》の見世に比べて、なんとも見窄《みすぼ》らしいのなんのって……。しかも、お浪《なみ》という従姉は得次郎の遺児を引き取ってくれと言うと、あからさまに嫌な顔をしやがってよ……。自分ちの子を育てるだけでも青息吐息《あおいきといき》というのに、このうえ、三人の子を育てることとなんて出来ねえと言うのよ。まっ、無理もねえ話なんだけどよ。お浪という女ごはとても立場茶屋の女将に見えねえ形《なり》をしていてよ。亭主というのが、これまた霜《しも》げた男なのよ。あの二人を見ると、客のほうが退《ひ》いちまわァ！　それで、俺ャ、あっさりと引き下がろうと思ったのよ。そしたら、突然、お浪が掌《てのひら》を返《けえ》したみてェに、親戚の子が路頭《ろとう》に迷っているというのに手を差し伸べないのは良心が咎《とが》める、但し、三人纏めてというのは無理だが、一人なら引き取ってもいい、と言い出したのよ。そりゃ、俺だって兄妹を離れ離れにしねえほうがいいと解ってるさ。だがよ、引き取ってくれねえかと頼みに行ったのはこっちのほうでよ……。それに、誰だって一時《いちどき》に三人も子を引き取ることに二の足を踏むってもんでよ。それで、三人纏めてでなきゃ駄目だと言い出せなくなり、帰《けえ》って町の連中と相談するからと言い、戻って来たのよ」

銀造が苦虫《にがむし》を嚙み潰《つぶ》したような顔をする。

「ところが、そうなると、三人のうち誰をってことになりますでしょう？　それで、どうしたものかと額を寄せていたところなんですよ」

大家の惣右衛門が蕗味噌《ふきみそ》を嘗めたような顔をする。

「いや、済まねえ……。実は、お浪のほうは末っ子のお梅を指定していてよ。今までこのことを言い出しづらくて黙ってたんだが、お浪の家には男の子が既に三人もいてよ。それで、引き取るとすれば、女ごの子のほうがいいと言うのよ……」

銀造が気を兼ねたように、皆の顔色を窺う。

「お梅を……」

全員が顔を見合わせる。

「あの娘《こ》はまだ三歳ですよ。父親《てておや》に亡くなられたばかりだというのに、このうえ、兄二人と引き離されたのでは、あまりにも可哀相《かわいそう》ではありませんか！」

もう一人の大家利兵衛が堪りかねたように言う。

「ところが、三歳だからいいとも言える……。まだ物心のつかねえ頑是ねえ娘《こ》だからこそ、最初《はじめ》はぐずることもあろうが、一旦馴《いったんな》れてしまえばしめたもの……。父親《てておや》や兄貴のことなんてすぐに忘れちまう。お浪が末の女ごの子がいいと言ったのは、その意味があってのことなのさ」

「親分が言われるのも道理ごもっとも……。犬を貰《もら》い受けるには、生後二月《ふたつき》か三月《みつき》がよいといいますからな。ところが成犬《せいけん》になっちまうと、前の飼《か》い主のことを憶えているもんだから、なかなか新しい飼い主に懐《なつ》こうとしない……」

利兵衛が妙に納得したように頷く。

「そうでしょうか……」

喜三次は懐手《ふところで》に首を傾げた。

「……」

「……」

全員の目が喜三次へと注《そそ》がれる。

「俺にはお浪という女ごに何か腹があるように思えてならないのですが……」

喜三次がそう呟くと、店番の寅蔵がポンと手を叩く。

「書役さんの言うとおりでェ！　俺も何故かしら引っかかってたんだが、今、判ったぜ。当初渋っていたお浪が掌を返《けえ》したみてェに女ごの子ならと言い出したのは、お梅を十二、三歳まで育て、それから女衒《ぜげん》に売り飛ばすつもりなのに違《ちげ》ェねえ！　考えてもみな？　品川宿といえば遊里だぜ。どっちを向いても飯盛女《めしもりおんな》がわんさかいるってことで、お浪にしてみれば、お梅は金のなる木……」

あっと、佐吉は息を呑《の》んだ。

そんな莫迦な……。そんなことがあって堪るかよ！

喜三次も辛そうに眉根を寄せる。

「俺も寅さんと同じように思えてならない……。三歳といえばまだ手のかかる年頃だからよ。普通、誰か一人と思うのであれば、分別《ふんべつ》のついた六歳の松太郎を選ぶのではなかろうか……」

「成程、書役さんや寅の言うことは理道《りみち》に合っている……。親分、お浪にそんなことをさせてはなりませんよ！」

惣右衛門が苦々しそうに言う。

「確かに、皆が懸念するのは俺にも解る。だがよ、お浪の本心は誰にも判らねえんだぜ？　まさか、いずれおめえはお梅を女衒に売り飛ばすつもりなんだろうが、と単刀直入《たんとうちょくにゅう》に質《ただ》すわけにもいかねえからよ。それによ、この話を断ったとして、あの子たちをどうするつもりかえ？　ほれ見なよ、振り出しに戻っただけの話じゃねえか」

「……」

「……」

銀造に睨めつけられ、誰も言葉が返せなかった。

が、短い沈黙の後、伊之吉が怖ず怖ずと口を開いた。

「あのう……。あっしのような木戸番が口幅《くちはば》ってェことを言うようで気が退けるんだが、現在《いま》、松太郎、竹次郎、お梅の三人を木戸番小屋で預からせてもらってやすが、これから先もこのままでというわけにはいきやせんでしょうか」

伊之吉が肩を丸め、上目に皆を窺う。

「それは臨時ということではなくて、これから先も、おまえたち夫婦があの三人を育てていくということなのか？」

銀造に目を据えられ、伊之吉はますます小さくなった。

「へえ……。そりゃ、木戸番には三人の子を育てていくだけの生活《たつき》に余裕《ゆとり》がねえことは解ってやす。けど、現在《いま》も猫字屋のおたみさんや魚竹のおゆきちゃんが何かと助《す》けてくれ、あの三人はあたしたち皆で護っていこうじゃないかと言ってくれてやす……。そうすれば、三人の兄妹を離れ離れにさせなくて済むし、死んだ得さんも安心して成《じょう》仏《ぶつ》してくれるんじゃなかろうかと思って……」

「伊之さん、よくぞ言ってくれた！　実は、俺も出掛けにおゆきから諄《くど》いほどに言われていてよ……。あの三人を絶対にばらばらにするんじゃない、子供たちが大きくなって木戸番小屋では狭いというのなら、男の子を魚竹で引き取ってもいいのだからと……。俺もおゆきに言われて、ああ、その手があったのか……、と目から鱗《うろこ》が落ちたように思ってよ。魚竹には通常十二、三歳頃から小僧が入るだろう？　あの子たちにその気があるのなら、先々魚河岸の男衆に育てたっていいと思ってよ。それに、おゆきが言うには、お梅はこのまま伊之さん夫婦に育ててもらえばよい、きっと、おすえさんは亡くなったおくみちゃんの生まれ変わりと思い大切に育ててくれるだろうし、仮に、先々松坊たちが魚竹に来ることになったとしても、照降町と魚河岸は目と鼻の先……、逢いたければ、いつだって逢えるんだからさって……あれっ、伊之さん、どうしちまった……」

喜三次が驚いたように伊之吉を見る。

喜三次が驚くのも無理はなかった。

伊之吉は大粒の涙をはらはらと頰に伝わせ、肩を顫《ふる》わせていたのである。

「済みやせん、書役さん……。あっしの言いてェことをすべて言って下さった。おすえがよ、出掛けにおゆきちゃんと同じことを言いやしてね。何があろうと、あの三人を離れ離れにしちゃならねえと……」

堰《せき》を切ったように、伊之吉の目から涙が伝い下りた。

「解った、解ったから、もう泣くなよ。なっ、どうだろう？　伊之さんとおすえさんの思い通りにしてやってくれないかな？　勿論、それにはおたみさんやおゆきばかりか、皆の力も必要となる……。皆があの三人の子供たちの親となったつもりで、支え合っていこうではないか！」

喜三次が皆を見廻す。

「解りました。あたしにも異存はありません」

「あたしも賛成です」

惣右衛門と利兵衛が頷き合う。

「どうですかな？　この際、木戸番の手当を少し増やすってことにしては……。勿論、おたみさんやおゆきちゃんはこれまで通り助《す》けてくれるだろうが、あたしたちが何もしないというのでは通りませんからね」

惣右衛門がそう言うと、

「いや、まったく、その通りです」

と利兵衛も頬を弛める。

「ねっ、親分、それでいいですよね？」

「ああ、俺ャ、それで構わねえがよ。ただ、お浪にどう返事をすればいいのかと思ってよ……」

「なに、放っておけばいいのですよ。お浪が本心からお梅を引き取りたいと思うのであれば、照降町まで訪ねて来るだろうからよ。が、俺は来ねえと思ってる……。いずれお梅を金に換える腹だとしても、年頃になるまで育てなきゃならねえからよ。この前は親分のほうから品川宿まで訪ねたもんだから、思いつきであんなことを言ったが、こちらから連れて行かない限り、お浪のほうから引き取りに来ねえように思えてよ……。と言っても、これは俺の推論にしかすぎねえんだがよ。まっ、そうあってほしいと思ってさ」

喜三次が片目を瞑《つぶ》ってみせる。

「じゃ、全員一致ということだな？　おっ、佐吉さん、どうしました？　なんだか浮かない顔をして……。えっ、おまえさん、反対なのかえ？」

惣右衛門が訝しそうに佐吉を見る。

佐吉はどぎまぎした。

まさか……、反対のわけがねえだろうに……。

「いや、あっしにも別に異存はありやせんが……」

佐吉が鼠鳴《ねずみな》きするような声で呟く。

正な話、佐吉の胸は揺れていた。

昼間見掛けた女《おな》ごのことを、皆に話すべきかどうかと迷っていたのである。

あの女ごがお阿木だとすれば……。

が、仮にあの女ごがお阿木だとしても、我が子を前に声もかけられないような女ごなのである。

いかなる理由があろうとも、そんなのは母とはいえねえ！

第一《でえいち》、あの女ごは亭主ばかりか三人の子を捨てた女ごじゃねえか……。

けどよ、そうは言っても、それらしき女ごを見掛けたことを皆に内緒にしていてよいものだろうか……。

「疲れてるんだよ、佐吉は……。佐吉、今宵は早く帰《けえ》って休むことだな」

銀造が助け船を出す。

どうやら、銀造は連日の張り込みで、佐吉が疲弊しきっていると見ているようである。

なら、そう思ってくれてるほうがいい……。

佐吉は取ってつけたような笑みを片頬に貼《は》りつけ、やれ、と立ち上がった。


「さあ、お梅ちゃん、肩揚《かたあ》げをしたから袖を通してみな！」

おすえが椿模様《つばきもよう》の袷を広げてみせる。

「わぁ、可愛い着物だこと！　これって、おすえさんの娘おくみちゃんの着物だろう？」

男児用の袷を手に、おゆきが目を細める。

「そうなんだよ。一度しか袖を通したことがなくてさ……。亭主からそんなものをいつまでも後生大事に持ってるもんじゃねえ、おくみを思い出すだけだ、さっさと蒲団《ふとん》皮《がわ》にでもしちまいなって言われてたんだけど、それが出来なくてさ……。でも、持っていてよかったよ。こうして、お梅ちゃんの着物に役立つんだもんね」

「おくみちゃんは五歳だったから、四ツ身までだろ？　帯解《おびとき》以降の着物はあたしに委《まか》せていてね。娘時代の着物が長持《ながもち》の中に一杯詰まっているからさ。それに、猫字屋にはおよしさんやおけいちゃんの着物もあるしさ！　けど、男の子はそうはいかない……。佐吉さんの着物は松坊や竹坊にはまだ着られないからさ。それで古手屋で求めてきたんだけど、どうかしら？　あたし、男の子のことがよく判らなくて、どんな柄を選んでよいのか迷っちまったよ……」

おゆきが縞模様《しまもよう》、弁慶格子《べんけいごうし》、井桁絣《いげたがすり》と男児用の袷を広げてみせる。

「ああ、いい柄だ。あら、これは紬《つむぎ》だね。高かったんじゃないだろうね？」

「ううん。古手屋のおばさんに得さんの子供に着せるんだから、奇特《きとく》だと思ってうんと安くしておくれって言ってやったんだ。おすえさんがどんなに子供たちに尽くしているかを諄々《じゅんじゅん》と話して聞かせてやったもんだから、おばさん、目をうるうるさせて大負けに負けてくれてさ！」

おゆきがえへっと肩を竦める。

「まっ、おゆきちゃんにかかったら敵《かな》わないねえ……」

「いいってことさ！　この子たちは照降町の皆で護ると決まったんだもん……。さっ、
松坊、竹坊、この着物を着てごらん！」

おゆきが松太郎と竹次郎を呼び寄せる。

「じゃ、お梅ちゃんも着替えようか？」

「うん。お梅、これ大ちゅき！」

お梅が燥ぎ声を上げる。

「なんと、びっくり下谷《したや》の広徳寺《こうとくじ》……。松坊も竹坊も男っぷりが上がったじゃない
か！　馬子《まご》にも衣装とはこのことだね。お梅ちゃんもなんて愛らしいんだろう……。
これはなんでも、先々あたしの着物を着てもらわなくっちゃ……」

「おゆきちゃん、そんなことを言っちゃっていいのかえ？　おゆきちゃんにもそのう
ち赤児《やや》が出来るかもしれないんだよ。そのときのために取っておかなきゃ……」

「およしさん、赤児《やや》が出来たんだってね？」

「そうなんだよ。悪阻が酷くて当分は猫字屋に来られないんだってさ。このまま坂本町に引っ込んじまうんじゃなかろうかね……。おゆきちゃんと書役さんの間にも、すぐに出来るさ。竹さんが首を長くして待ってるんだろうからさ！」

「あたしに赤児《やや》？　いいよ、まだそんなもの……」

「何がそんなものだえ！　生まれてごらんよ。赤児《やや》って可愛いからさ。それに、おゆきちゃんはまだ若いといっても、書役さんは四十路だよ。子を持つには遅いくらいなんだからさ」

「そっか……。喜三次さんは四十路なんだ」

「おやまっ、まだ書役さんのことをさん付けで呼んでるのかえ？　およしちゃんなんて、とっくの昔に亭主のことをうちの男《ひと》って呼んでるよ。さん付けで呼ぶうちは、まだまだ……。そんなんじゃ、赤児《やや》も出来ないだろうさ！」

「違うよ！　あたしは呼び慣れているからそう呼んでるだけで、心の中では、とっくの昔に喜三次さんは亭主ですよォだ！」

「おや、そうですかね。それはご馳走さま！」

「嫌だ、おすえさんたら！」

おゆきの顔にさっと紅《べに》が差す。

「ほら、紅《あか》くなって……」

「もう！　嫌だァ……。そうだ、子供たち、新しい着物を表に見せに行こうか？」

おゆきが照れ隠しのつもりか、子供たちに訊ねる。

「うん、行きてェ！」

竹次郎が大声で答える。

「行くって、どこに？　そろそろ八ツ半だよ。子供たちに小中飯を食べさせなければ……」

おすえが慌てる。

「子供たちに魚河岸がどんなところか見せてやるんだ！　それに、婆やがお汁粉《しるこ》を作っておくと言ってたから、本小田原町の魚竹に寄って食べさせてやろうと思ってさ。それから送って来るから、おすえさんは息抜きしているといいよ」

おゆきがお梅の手を引き表に出る。

男の子とおすえも後に続いた。

爽《さわ》やかな秋日和《あきびより》である。

青空の下《もと》、何もかもが洗われたように色鮮《いろあざ》やかで、頬を掠《かす》めていく風にもまだ棘《とげ》がない。

秋の風を色なき風というそうだが、まさにこんな感じなのであろうか……。

「おばちゃん……」

松太郎がすっとおすえの小脇に寄って来る。

「なんだえ？」

「お梅、おいらたちと一緒にいていいんだよね？」

松太郎が縋るような目で、おすえを瞠める。

「いいに決まってるだろ？　何故そんなことを訊《き》くのさ」

「自身番の寅おじさんが、お梅が余所に貰われていかなくて良かったなって……。おいら、そんなこと何も聞いていなかったもん……。じゃ、本当に、お梅はおいらたちとずっと一緒にいられるんだよね？」

寅蔵、あの藤四郎《とうしろう》が！

おすえはきっと向かいの自身番を睨《にら》みつけた。

が、腰を屈めると、ああ、おまえたち三人はずっと一緒だよ、と松太郎の耳許《みみもと》に囁《ささや》いた。

松太郎が嬉しそうにパッと目を輝かせる。

おすえは堪らなくなって、松太郎の身体を抱き締めた。

その姿に、竹次郎とお梅が羨ましそうに、ああっ……、と呟く。

「なんだ、あんちゃんが羨ましいのかえ？　じゃ、おまえたちはこのおゆきさんが抱っこしてやるからさ！　さっ、おいで……」

おゆきが両手を広げ、竹次郎とお梅を引き寄せる。

その刹那、つっと、おゆきの項《うなじ》を色なき風が通り過ぎていった。

走り星

1

「それはよいことをなさいました。品川海晏寺《かいあんじ》の紅葉《もみじ》は江戸一番と言われていますから ね。あたしも目の黒いうちに一度は出掛けてみたいと思っていますが、この歳《とし》になると、神田界隈《かんだかいわい》から離れるのが億劫《おっくう》になってしまいましてね」

煙草屋《たばこや》のご隠居が将棋《しょうぎ》を指《さ》しながら言う。

「何をおっしゃる！　おまえさんはあたしとさして歳が違わないではありませんか……」

翁屋《おきなや》のご隠居が煙管《きせる》に薄舞《うすまい》（煙草）を詰め、火を点《つ》けようと煙草盆《たばこぼん》を持ち上げる。

「いや、違いますよ。おまえさんとあたしでは二歳も違います。六十路《むそじ》を超《こ》えると、二歳の差は大きいですからね。それに、翁屋さんの孫は品川宿の海産物問屋に嫁《とつ》いでいるのですからね。謂《い》わば、紅葉狩《もみじがり》も孫の顔を見に行くための口実といってもよい……。確か、お八重《やえ》ちゃんは昨年赤児《やや》を産《う》んだのでしたよね？　てことは、曾孫《ひまご》の顔も拝《おが》んできたってことなんだ！　なんともはや、よいこと尽《ず》くめではありませんか……」

煙草屋のご隠居が羨《うらや》ましそうな顔をする。

「海晏寺の紅葉か……。成程《なるほど》、こいつァ絵になりそうだな！」

おけいに髷《まげ》を結《ゆ》ってもらっていた絵師の菱川瑞泉《ひしかわずいせん》が、結床《ゆいどこ》から声をかけてくる。

「おや、菱川さんはまだ海晏寺に行ったことがないのかえ？　そりゃ駄目だよ！　絵師があそこの紅葉を見ないでどうすんのさ。ほら、歌川《うたがわ》（安藤）広重《ひろしげ》の江戸《えど》名所《めいしょ》品川《しながわ》海晏寺《かいあんじ》紅葉見《こうようみ》……。菱川さんも絵師なら知ってるでしょう？　なんせ、海晏寺の紅葉のことを千貫紅葉《せんがんもみじ》といって、俗謡《ぞくよう》に、あれ見やしゃんせ海晏寺、真間《まま》や高尾《たかお》や滝田《たきた》でも、及びないぞよ紅葉狩、とあるほどで、太夫《たゆう》よりも美しいと謳《うた》われているんだからさ！」

瑞泉の隣でおたみに髪を梳《す》いてもらっていた、小料理屋ふじ半《はん》の女将《おかみ》お涼《りょう》が割って入る。

瑞泉が決まり悪そうに肩を竦《すく》めてみせる。

「そりゃ、あたしだって広重の紅葉見や紅葉の図といった絵は知っていますよ。いや、正《まさ》な話、そのうち行こうと思いつつ、未《いま》だに行けていないのが現実でしてね。なんでも、品川宿だと、東海寺《とうかいじ》の紅葉も見事だというではないですか」

「菱川さん、てんごう言っちゃいけません！　紅葉はなんといっても海晏寺……。何しろ、江戸随一《ずいいち》といわれるのですからね」

待合《まちあい》から、翁屋のご隠居が仕こなし顔に声をかけてくる。

と、煙草屋のご隠居の相手をしていた、左官の竜次《たつじ》までが槍《やり》を入れてくる。

「そう言ャ、王子《おうじ》滝《たき》も紅葉で有名だぜ。けど、紅葉よりめしにしようと海晏寺って川《せん》柳《りゅう》があるくれェだから、やっぱ、紅葉狩は品川宿に限るってもんでェ！」

「紅葉よりめしにしようと海晏寺……。花より団子《だんご》ってことかえ？」

お涼がそう言うと、おたみがくすりと肩を揺《ゆ》らす。

「なに、竜次が言ってるのは、めしはめしでも飯盛女《めしもりおんな》のことでさ！　これ、竜次、御《お》座《ざ》が冷《さ》めるようなことを言うもんじゃないの！」

おたみが横目に竜次を睨《にら》みつける。

「飯盛女……。なんだえ、そういうことかえ！　けど、なかなか上手《うま》いじゃないか、あたしゃ、気に入ったね」

「お涼さん、おだてるもんじゃありませんよ。あいつ、すぐにつけ上がるんだからさ！　それに、竜次は自分で詠《よ》んだわけでもなく、また聞きの川柳を拝借《はいしゃく》しただけなんですからね」

「おっ、おたみさん、言ってくれるじゃねえか！　誰がつけ上がろうかよ。第一《でえいち》、俺《おり》ャ、おだてと畚《もっこ》は乗りたくねえんだ。太作《たさく》と一緒にしてもらいたくねえからよ！」

竜次がそう唇を尖《とが》らせる。

その途端《とたん》、煙草屋のご隠居が、王手《おうて》！　と桂馬《けいま》を打つ。

「えっ、そりゃねえよ！　いつの間に……」

「おまえさんが余計なことに口を挟《はさ》んでいるからですよ。それより、太作の顔が見えないようだが、珍しいことがあるものですね」

翁屋のご隠居が訝《いぶか》しそうな顔をする。

すると、まるで計《はか》ったかのように、太作が猫字屋《ねこじや》の油障子《あぶらしょうじ》を荒々しく開けて飛び込んで来た。

「おや、噂《うわさ》をすれば影が差すとは、このことだ！」

翁屋のご隠居がにたりと頰《ほお》を弛《ゆる》める。

待合がワッと嗤《わら》いの渦《うず》に巻き込まれた。

「な、なんでェ！　何がおかしい……。ヘン、どうせ、ろくでもねえことを噂してたんだろうが、おっ、おめえら驚くなよ！」

待合に上がって来た太作が、心ありげに皆を見廻《みまわ》す。

「何を驚くというのです」

「そうでェ、勿体《もってえ》ぶらずに言いなよ！」

煙草屋のご隠居と竜次が、やれ、どうせ、いつもの上がり知らずの下り土産《みやげ》（知ったかぶり）だろうさといった顔で、太作を睨《ね》めつける。

が、太作はそんなことにはお構いなし……。

鼻柱《はなばしら》に帆《ほ》を引っかけたような顔をすると、再び、皆の顔を見廻した。

「ほれ、少し前《めえ》に、ふじ半のお涼さんが言ってただろう？　おっ、なんでェ、お涼さんもいたのかよ……。なら、話は早《はえ》ェや！　松島町《まつしまちょう》の陰陽師《おんみようじ》柳井《やない》白水《はくすい》のことだがよ。あいつ、お縄《なわ》になったぜ！」

太作が鬼の首でも取ったかのような顔をする。

「柳井白水がお縄になったって、一体《いってえ》、なんの咎《とが》で？」

竜次が焦《じ》れったそうに、身体《からだ》を乗り出す。

「あいつ、表向きの顔は陰陽師だが、裏でとんでもねえことをやらかしてたんだとよ。ほれ、此《こ》の中《じゅう》、江戸を騒がせていた不知火《しらぬい》の鉄《てつ》というのが、あいつの別の顔でよ。儒《じゅ》者《しゃ》だなんて天骨《てんこち》もねえ！　押し込み一味の頭《かしら》だったというから、驚き桃の木……。ところが、奴はなかなか尻尾《しっぽ》を顕《あらわ》さねえ……。が、火付盗賊改方《ひつけとうぞくあらためがた》は柳井の家に魂呼《たまよ》びを請《こ》いに来る者の中に、引き込みや繋《つな》ぎがいると睨んでいたんだな。と言うのも、二月《ふたつき》前《めえ》に押し込みに入《へえ》られた木挽町《こびきちょう》四丁目の紙問屋のお端女《はした》が、翌日から姿を晦《くら》ませたことを不審《ふしん》に思っていたところ、その女《おな》ごらしき人物が柳井の家に出入りしているという垂《た》れ込みがあってよ。その女ごが紙問屋で引き込み役を務《つと》めていた女ごだとしたら、必ず、松島町に姿を現すと思い、それで、面通《めんとお》しのために紙問屋の手代を連れて盗賊方が柳井の家を張っていたのだとよ……。銀造《ぎんぞう》親分や佐吉《さきち》たちも助《すけ》っ人《と》に駆《か》り出されたそうだが、三日前《みっかめえ》、やっとその女ごが現れたそうでよ。女ごは柳井の家から出たところでお役人から呼び止められ、訊《き》きてェことがあると奉行所に連行された……」

「けどよ、その女ごが紙問屋から姿を晦ませた女ごだとしてもだぜ、柳井の家には祈《き》禱《とう》してもらいに行ったのかもしれねえじゃねえか……。いかにお上《かみ》といえども、確たる証拠もなしにしょっ引けるかえ？」

どうやら、竜次は太作の言うことを未だに見ぬ京物語と思っているらしく、皮肉めいた言い方をする。

「誰がしょっ引かれたと言った？　だからよ、何ゆえ紙問屋から姿を消したのか、事情を訊きてェと連れて行かれたのよ」

「なんでェ、じゃ、柳井がお縄になったわけじゃねえのかよ！」

「竜、このひょうたくれが！　なんで最後まで話を聞かねえ。まだ続きがあるんだからよ」

太作が業《ごう》を煮《に》やし、チッと舌を打つ。

「いいから、太作、話を続けなさい」

煙草屋のご隠居が宥《なだ》め、太作が話を続ける。

それによると、奉行所に連行された女ごは、最初《はじめ》のうちは押し込みに入られ怖くなって紙問屋から逃げ出しただけで、自分は不知火の鉄のことなど何も知らない、陰陽師の家に行ったのも、怖い目にあったのは悪霊《あくりょう》に取り憑《つ》かれているからだと思い、祈禱してもらいに行ったのだとシラを徹《とお》していたそうだが、落とし の岩五郎《いわごろう》と呼ばれるお役人の誘導尋問《ゆうどうじんもん》にまんまと嵌《はま》り、柳井白水が不知火の鉄であり、自分は引き込み役を務めていたのだと白状したそうである。

「それがよ、まあ、聞きな。女ごの妬心《としん》ってェのは怖《こえ》ェもんだぜ！」

太作が意味深《いみしん》な口ぶりをする。

「その女ごは柳井白水の情婦《いろ》で、巫女《みこ》と称して常に陰陽師の傍《そば》に侍《はべ》る女ごなんだが、奴とは十年来の付き合いだそうでよ。ところが先《さい》つ頃、柳井が他の女ごに現《うつつ》を抜かすようになり、自分のその役目を若《わけ》ェ女ごに奪われてしまったというのよ。十年この方柳井の愛妾《あいしょう》を務めていたというのに、水気《みずけ》がなくなったと見るや、その女ご、引き込み役に廻されてしまったんだからよ……。女ごはこれまで陰陽師柳井白水を生涯《しょうげえ》の伴侶《はんりょ》と思っていただけに、青天の霹靂《へきれき》だったんだろうて……。そりゃそうだろう？　若《わけ》ェ女ごに愛妾の座を奪われ、自分は盗賊一味の一員として引き込み役に格下げされたんだからよ。恨《うら》み骨髄《こつずい》に徹《てっ》すとはまさにこのことでよ。女ごはお調べの途中で、掌《てのひら》を返《けえ》したかのように、不知火一味の犯行のすべてを話し始めたのだとよ。それで、夕べ遅くに、陰陽師柳井白水はじめ、不知火一味に手入れがあったってことでよ」

太作はまるで自分の手柄《てがら》でもあるかのように、鼻蠢《おごめ》かせた。

「なんと、そういったことがあったとは……。だが、太作は何故《なぜ》そこまで詳《くわ》しく知っているのです？」

煙草屋のご隠居が訝しそうに首を傾《かし》げる。

「そうですよ。まるで、見てきたかのような言い方をして……」

翁屋のご隠居も疑い深そうに訊《たず》ねる。

「見掠《みかす》めてもらっちゃ困るぜ！　俺が地獄耳《じごくみみ》だということを知らねえのかよ。へへっ、そう言いてェところだが、何を隠そう、俺の友達《だち》が柳井の隣家に剪定《せんてい》に入《へえ》っていてよ。

三日前《めえ》、女ごが柳井の家から出て来たところで役人に連行されたのを目撃したのよ。それで、これは何かあると思ったその男があちこちに手を廻《まわ》してよ……。俺たち植木職人はあらゆるところに出入りするだろ？　当然、奉行所の小者《こもの》や下男にも渡《わたり》がつくってもんでよ……。とは言え、詳細《しょうさい》が判《わか》ったのは、不知火一味が挙《あ》げられた後のことでよ。へへっ、実はよ、銀造親分から聞いたのよ」

「親分にですって！」

「まさか……」

煙草屋、翁屋両ご隠居が、信じられないといったふうに顔を見合わせる。

「いや、うさァ（嘘《うそ》）ねえんだ！　それがよ、四半刻《しはんとき》（三十分）ほど前《めえ》に親父橋《おやじばし》でひょっこり親分に出会《でくわ》してよ。俺が不知火一味が捕《つか》まったそうでやすねって水を向けたら、親分、なんでそのことを知ってるんだって顔をしながらも、まっ、もう捕まえたんだから話してもいいかと、詳しいことまで話してくれたってわけでよ。それで、俺《おり》ゃ、一刻も早くおめえらにこのことを報告しなきゃと思い、息せき切って駆けてきたってわけよ……。ああ、喉《のど》がからついちまったぜ……。おけい、茶を淹《い》れてくんな！」

太作が結床に向けて大声を上げる。

「飲みたきゃ勝手に飲みな！　現在《いま》、あたしがおまえたちに茶を振る舞う余裕《ゆとり》のないことくらい解《わか》ってるだろう？」

おけいが木で鼻を括《くく》ったように言い返す。

「太作、おめえはいつまで経《た》っても解らねえんだからよ……。およしが悪阻《つわり》で猫字屋を助《す》けに来られなくなったんだから、これまでみてェにおけいに茶の接待をしろと言っても無理なんだよ！　茶を飲みたきゃ、てめえで淹れて飲むんだな。そのために、こうしていつでも淹れられるように仕度《したく》してあるんだからさ」

竜次が仕こなし顔にそう言うと、急須《きゅうす》にお茶っ葉を入れ、鉄瓶《てつびん》の湯を注《そそ》ぐ。

「おっ、淹れてくれるのかよ。済まねえな」

「おめえのためじゃねえ。丁度、俺たちも喉がから
つい
いたところでよ。ご隠居、ささっ、お茶をどうぞ」

竜次がご隠居たちに茶を注《つ》いで廻る。

「おっ、済まないね。だが、およしちゃん、いつになったら出て来るのでしょうかね。まさか、これっきりってことはないでしょうね」

「いや、案外、このまま紅藤《べにふじ》の内儀に収まるつもりなのかもしれませんよ。だって、そうではありませんか。紅藤は紅屋《べにや》として中堅《ちゅうけん》どころですからね。そこの内儀に赤児《やや》

が出来たというのに、いつまでも実家《さと》の髪結床《かみゆいどこ》を助《す》けているというのでは、外聞《がいぶん》が悪い……。それに、主人《あるじ》の藤吉《とうきち》さんは先妻をお産で亡くしていますからね。後添《のちぞ》いのおよしちゃんが同じ轍《てつ》を踏むのではないかと気が気ではないのでしょうよ。その気持はあたしにも解ります」

ご隠居同士が納得したように頷《うなず》き合う。

「おやまっ、あたしにまで……。気が利《き》くじゃないか。有難《ありがと》うよ。誰かさんとは大違いだね」

結床に茶を運んでいった竜次に、お涼が声をかける。

「誰かさんとは、俺のことかよ!」

太作が待合から鳴り立てる。

「相変わらず、耳だけは達者《たつしゃ》なんだから……。けど、おたみさん、およしちゃんが出てこられないのじゃ困るだろうに……」

お涼が鏡越《かがみご》しにおたみを窺《うかが》う。

「ええ、現在《いま》、組合に誰か雇人《やといど》(助っ人)を廻してくれないかと頼んでいるんですけどね。早いところで決めちまわないと、年の瀬が迫ると、それこそ、人手不足になっちまいますからね」

おたみが困《こう》じ果てたように、眉根《まゆね》を寄せる。

「うちみたいな小料理屋なら、ずぶの素人《しろうと》でもなんとか小女《こおんな》として使えるけど、髪結だけはそうもいかないからね。かといって、佐吉さんに廻り髪結を辞《や》めて結床を手伝えとは言えない……。おてちんだね」

「そうなんですよ。佐吉にはお得意さんがついていますし、佐伯《さえき》さまの御用《ごよう》もありますからね」

「それこそ、佐吉さんに早いとこ嫁を取り、おたみさんの仕事を手伝わせるって手もあるんだけど、そうなると、誰でもいいってことにはならないからね」

「そうなんですよ。けど、こればかりはご縁のものですからね。人手が足《た》りないからといって、佐吉の縁談を急ぐ気にはなれないんですよ。佐吉のことを心《しん》から理解してくれる女《ひと》でないと、髪結の女房は務まっても、お上《かみ》の御用を務める小者《こもの》の女房は務まりませんからね」

おたみはそう呟《つぶや》き、ふっと嘉平《かへい》へと想《おも》いを馳《は》せた。

岡っ引きの女房なんて、常に縁の下の力持ち……。

決して女房が前にしゃしゃり出てはならないし、亭主の顔を立てるためにも懐不如意《ふところふにょい》にさせてはならないと、年中三界《ねんじゅうさんがい》、金の算段《さんだん》に頭を悩まさなければならないのである。

とは言え、岡っ引きには決まった手当が出るわけでもなく、たまに同心から下される小遣《こづか》い程度の金で、下っ引きたちの面倒を見なければならない。

そのため、岡っ引きの女房は小間物屋《こまものや》や飲食といった小商《こあきな》いをして、亭主をもり立てているのだった。

おまけに岡っ引きには昼も夜もなく、そのため常並な夫婦《めおと》の暮らしをすることは叶《かな》わず、つくづく因果《いんが》な稼業《かぎょう》よと思ってはみるものの、世のため人のためには誰かがやらなければならないことであり、おたみはこれも持って生まれた自分の宿命《さだめ》と諦《あきら》めていた。

それなのに、まさか義理の息子佐吉までが、亡くなった嘉平の跡《あと》を継《つ》ぐべく、同心佐伯隼太《はやた》の小者を務めるようになるとは……。

が、男神《おがみ》の親分と皆に慕《した》われた嘉平を誇りに思う佐吉の気持が、おたみには解らなくもない。

七歳の時に火事で身内を失った佐吉は、嘉平、おたみ夫婦の許《もと》に養子として貰《もら》われてきて以来、ずっと嘉平に憧憬《しょうけい》の目を向けてきたのである。

そんな佐吉であるから、嘉平の辿《たど》ったあとを自分も辿りたいと思ったところで、そのどこがおかしかろう。

だって、あん男《ひと》ほど好《よ》い男はいないもん……。

そう思うと、おたみには佐吉が嘉平の跡を継いでくれることが嬉《うれ》しくもあり、また不安にも思えるのだった。

よって、佐吉の嫁は並大抵《なみたいてい》な女ごでは務まらない。

何があっても動じることなく、佐吉を心《しん》から慕《した》い、もり立ててくれる女ごでなければならないのである。

「だろう？　だから、あたしも佐吉さんの嫁にどうかなって娘《こ》がいても、つい、気後《きおく》れしちまってね」

お涼が唐突《とうとつ》に言い、おたみはあっと手を止めた。

「それは一体誰のことを……」

お涼は余計なことを口走ったとでも思ったのか、決まり悪そうに片頬を弛めた。

「いえね、うちの小女をしているおきぬのことなんだけどね。我勢者《がせいもの》だし、心根《こころね》の優《やさ》しい娘《こ》でね。ほら、おたみさんも知ってるだろう？　現在《いま》、桝屋《ますや》で雪駄職人《せったしよくにん》をしている丑松《うしまつ》の妹でさ……。一時期、丑松が自棄無茶《やけむちゃ》になったことがあってさ。あの莫迦《ばか》、こそ泥《どろ》を働いたもんだから人足寄場《にんそくよせば》送りになったんだけど、あたし、その頃からおきぬの面倒を見てきたんだよ。とても、放っておけなかった……。だってさ、中気《ちゅうき》で寝たきりのおとっつァんを抱え、それでもあの娘《こ》はいつか丑松が真っ当な男になって戻って来ると信じ、繰言《くりごと》ひとつ募《つの》ることなく我勢してきたんだもの……。傍《はた》で見ていても、いじらしいほどだった……。けど、その丑松が四年ぶりにやっと戻って来てさ。丑松は現在《いま》ではすっかり改心《かいしん》し、亡くなったおとっつァんの跡を継ぐべく雪駄職人の道を歩んでいるんだよ。これでやっとおきぬも肩の荷が下りたわけで、あとは女ごとしての幸せを摑《つか》むのみ……。御帳付《ごちようつ》き（前科者）の兄貴がいるってことで、世間は白い目で見るかもしれないが、おたみさんや佐吉さんなら、そんな了見《りようけん》の狭《せま》いことは言わないだろうと思ってさ……。とにかく、おきぬの為人《ひととなり》はあたしが太鼓判《たいこばん》を押してもいい！　あたしも永《なが》いこと海千山千《うみせんやません》の花柳界《かりゆうかい》で生きてきたからね。これでも人を見る目には自信があるんだよ。ううん、身びいきで言ってるんじゃないんだ。おきぬは鉦《かね》や太鼓を叩《たた》いて捜《さが》したって、滅多《めった》にいない善《よ》い娘《こ》なんだよ！」

「幾つなんですか、おきぬさん」

「確か、二十三、いや、四だったかな？　佐吉さんは二十七だよね？　ほら、歳も釣り合ってるじゃないか！　容姿《ようし》はすこぶるつきの美印《びじるし》（美人）とはいかないが、愛想《あいそ》のよいぼっとりとした娘でさ。見世《みせ》でも客受けがいいんだよ。ほら、ここだって客商売だろ？　髪結の技《わざ》は追々《おいおい》教えればいいんだし、悪い話じゃないと思うんだけどさ……。そりゃさ、うちだって、あの娘《こ》に抜けられたのじゃ困るよ。手放したくはないさ。けど、これまで幸薄《さちうす》かった娘だけに、これからは女ごとしての幸せを掴んでほしいと思ってさ」

「有難うございます。けど、佐吉がなんて言うか……。とにかく、そんな話があったってことだけは伝えておきますんで……」

およしが猫字屋に来られなくなったことから始まった話なのだが、まさか、このような展開になるとは……。

おたみは戸惑《とまど》っていた。

「そうだよね。おたみさんは一度もおきぬに逢《あ》ったことがないんだもんね……。そうだ、一度、連れて来ようか？　ううん、見合なんてそんな堅苦《かたくる》しいものではなくて、たまには髪結床で髷を結ってみなって、あたしがさり気なく連れて来るからさ！　髪結って、髷を結っていると相手の本性までが見抜けるというじゃないか……。だから、おたみさんがおきぬの髷を結いながら、心ゆくまで品定《しなさだ》めをすればいいのさ」

「ええ、まっ、それは客として来ていただけるのであれば。うちはいつだって大歓迎なんですけどね」

すると、何を思ったのか、瑞泉が尻馬《しりうま》に乗ってくる。

「確かに、その手もあるかもしれないが、おきぬという娘がそんなにぼっとり者というのなら、あたしがふじ半に行き、おきぬさんに絵姿《えすがた》になってもらうって手もあるからよ。おっ、これは妙案《みょうあん》！　お涼さん、明日《あした》にでも見世を覗《のぞ》くので宜《よろ》しくな！」

「まっ、菱川さんたら！」

お涼とおたみが瑞泉をきっと睨みつける。

が、おたみはおやっと目を瞬《しばた》いた。

何が気に食わないのか、おけいが不貞腐《ふてくさ》れたように唇を噛《か》み締《し》め、頬を膨《ふく》らませているのである。

おたみの胸に一抹《いちまつ》の不安が過《よ》ぎった。

哀《かな》しいかな、おけいの腹の中が摑みきれなかったのである。

2

「柳井白水っていう陰陽師が捕まったんだって？」

おたみが佐吉の湯呑《ゆのみ》に茶を注《つ》ぎながら言う。

夜食の葱鮪《ねぎま》を食べていた佐吉はちらとおたみに視線を移したが、愛想のない顔をして、葱を口の中に放り込んだ。

「此の中、おまえが時折張り込みに駆り出されていたのは、その男だろ？　くわばら、くわばら……。表向きの顔は陰陽師、裏の顔が不知火の鉄という押し込み一味のお頭だというんだもの、世も末だね……」

「……」

「しかも、永いことお頭の愛妾を務めていた巫女が、その役目を若い女ごに奪われたからって、まるで腹いせでもするかのように、お上に何もかもを暴露《ばら》したというんだからね」

佐吉がじろりとおたみを瞠《みつ》める。

「おっかさん、誰からその話を聞いた？」

「誰からって……、いえ、今日、太作が銀造親分から聞いたと話してたもんだからね。親分の名前が出なければ、またまた太作お得意の見ぬ京物語かと聞き流したんだけど、親分が言っていたというのなら、まんざら与太話《よたばなし》でもないのだろうと思ってさ……。

えっ、違うのかえ？」

佐吉は明らかに不服そうに、眉根を寄せた。

「違ャしねえが、また、親分は何を思って太作にそんなことを……。よりによって、あの太作にだぜ？　あいつに話したんじゃ、瞬《また》く間に世間に知れ渡っちまうじゃねえか！」

「いえ、違うんだよ。太作は親分に聞くまでもなく、既《すで》に知ってたんだよ。引き込みをしていた女ごがお役人に連行されたところを、たまたま植木職人の仲間が目撃しちまってさ。ほら、植木職人って、あちこちの屋敷に出入りをするだろ？　何かあると思って方々《ほうぼう》に手を廻し、ある程度のところまで探《さぐ》っていたらしいんだよ。それで、親分も太作に鎌《かま》をかけられたもんだから、不知火一味を挙げた直後でもあるしとつい気を弛め、御用の筋を洩《も》らしちまったんだと思うよ。あたしもさァ、此の中おまえの帰りが遅かったり、ひと晩中帰って来ないなんてことがあったものだから、それを聞いて初めて、ああ、そうだったのか……、と平仄《ひょうそく》があったってわけでさ。それで、ひと言、ご苦労だったね、とおまえを犒《ねぎら》ってやろうと思ってさ」

「ならいいが、俺の立場を考えれば、余計なことを喋《しゃべ》ってくれるなよ！　それでなくても、噂話を聞きたければ、髪結床に行けと言われるくれェなんだからよ。客が噂するのは仕方がねえとしても、おっかさんやおけいまでが尻馬に乗っちゃならねえんだ！　相槌《あいづち》ひとつ打とうものなら、俺が家に帰《けえ》って、御用の筋をべらべら喋っていると邪推《じゃすい》されても仕方がねえんだからよ」

佐吉が蕗味噌《ふきみそ》を嘗《な》めたような顔をする。

おたみは挙措《きょそ》を失った。

「解っているよ、解っているんだよ。だから、あたしはひと言も口を挟みはしなかった……。ねっ、おけい、そうだよね？　おまえがそんなふうに思うなんて、おっかさん、哀しいよ……。おまえはあたしが男神の親分と呼ばれたおとっつァんの女房を何年やってきたと思うんだえ？　そんなことはおまえから言われるまでもなく、とっくの昔に承知しているさ！」

「なら、いいんだ。済まねえ。俺もちょいとばかし言い過ぎちまった……」

「おまえは疲れてるんだよ。さっ、食べちまいな。この鮪《まぐろ》も魚竹《うおたけ》のおゆきちゃんがおすえさんのところに届けてくれたんだってさ……。つくづく、おゆきちゃんには頭が下がるよ。松坊《まつぼう》たち三人の子を木戸番小屋で引き取ることになってからというもの、毎日、魚や野菜ばかりか、乾物《かんぶつ》まで届けてくれるんだからさ。それも、決まり文句みたいに、残り物だから気を兼ねることなく貰ってくれって……。恐らく、竹さんや書《かき》役《やく》さんから口が裂《さ》けても恩着《おんき》せがましいことを言ってはならないと釘《くぎ》を刺されているんだろうけど、なかなか出来ることじゃないからね。お陰で、お裾分《すそわ》けがこうして猫字屋にも届くんだけど、およしがいなくなってからというもの、猫の手も借りたいほど忙しいうちとしては、涙が出るほど有難くってね」

佐吉がおよしの名前を聞き、思い出したようにおたみに目を据《す》える。

「およしといえば、俺、今日たまたま坂本町《さかもとちょう》に用が出来て紅藤の前を通りかかったんだが、見世の中から道玄《どうげん》さまが出て来るところに出会《でくわ》してよ」

えっと、おたみとおけいが顔を見合わせる。

紅藤から鈴江《すずえ》道玄が出て来たということは、およしに何か……。

「まさか、およしに何かあったんじゃなかろうね？」

「俺も咄嗟《とっさ》にそう思ったもんで、道玄さまに訊《たず》ねてみたんだよ。すると、現在《いま》はさほど案じることはねえそうなんだが、三日前《めえ》、おたみが突然腹痛を訴えたんだとよ。それで、藤吉さんが慌てて八丁堀《はっちょうぼり》まで小僧を走らせたというんだが、手当が早かったために大事には至らなかったそうでよ。とは言え、いつお腹の赤児《やや》が流れてもおかしくねえ状態が続いているとかで、胎児《たいじ》が安定するまでは安静にしていなければなんねえとのことでよ……」

おたみはやれと息を吐《つ》いたが、どこかしら胸騒《むなさわ》ぎがしてならず、居ても立ってもいられなくなった。

「じゃ、およしは床に臥《ふ》してるってことなのかえ?」

「ああ、俺も心配《しんぺえ》になったもんだから、用を済ませた帰《けえ》りに紅藤を訪ねてみたのよ。そしたら、およしの奴、悪阻が酷《ひど》かったせいかすっかり面変《おもが》わりしていてよ。藤吉さんが言うには、岩田帯《いわたおび》を締めるまではまだ暫《しばら》くこういった状態が続くだろう、此度《こたび》だけはなんとしてでも母子共々健《すこ》やかでいてほしいので、今後は申し訳ないがおよしを猫字屋に行かせることが出来ねえんで、おっかさんにその旨《むね》を伝え、くれぐれも謝っていたと言ってくれねえかと、そう言って頭を下げるんだ……。俺ャ、そんなことは気にしなくていいから、およしのことを宜しく頼むと、逆に頭を下げて帰《けえ》って来たんだが、藤吉さんにしてみれば、最初《はじめ》の女房と子をお産で亡くしているものだから、再びあの悪夢《あくむ》が甦るのじゃねえかと気が気じゃねえんだろうな……」

佐吉が太息《ふといき》を吐く。

「藤吉さんがそんなことを……。うちのことなんて気にかけることはないのにさ。それで、およしは? およしは何か言っていたかえ?」

おたみが佐吉の顔を覗き込む。

「ああ……。およしの奴、悪阻が治《おさ》まったら再び猫字屋を助《す》けると約束したのに、それが出来なくなっておっかさんやおけいに済まねえって……。あいつ、てめえの身体《からだ》やお腹の赤児《やや》のことだけ考えていればいいのに、自分が抜けた後、おっかさんとおけいだけでは猫字屋を廻せられねえのじゃねえか、あんちゃん、あの二人のためにも一《いっ》時《とき》も早く嫁を貰ってくれねえか、それが無理だというのなら、下働きの女ごでも雇《やと》ってくれればいいのにって泣きながら言うのよ。そしたら、藤吉さんまでが、是非《ぜひ》、そうしてほしい、髪結を世話しろと言われても自分には出来ないが、お端女《はした》なら、紅藤が雇うということにして、猫字屋に廻してもいいからって言うじゃねえか……。俺ャ、即座に、天骨《てんこち》もねえ！　お端女を雇うのであれば、猫字屋で雇うし、現在《いま》、おっかさんが組合に雇人を斡旋《あっせん》してくれるように頼んでいるんで、心配《しんぺえ》しねえでくれと言ったんだが」

「そうかえ。よく言ってくれたね。紅藤にお端女の面倒を見させるなんて、そんなことが出来るわけがないじゃないか……。およしもおよしだ。紅藤の内儀になったからには、うちのことまで案じることはないのにさ。けど、およしや藤吉さんに猫字屋のことでそこまで気を遣《つか》わせているのなら、これは一日も早く、誰か人を入れなきゃね」

おたみが困じ果てたように肩息《かたいき》を吐く。

「組合からは何も言ってこねえのかよ」

「どこも人手不足なんだろうね。それこそ、お端女なら口入屋《くちいれや》に声をかければ済む話なんだけど、家事仕事だけでなく、髪を梳くくらいのことはしてもらいたいからさ……。それに佐吉に嫁といっても、誰でもいいというわけにはいかないし、今日の明日《あした》のって具合にはいかないだろう？」

佐吉が驚いたように、おたみを瞠める。

「おっかさん、妙なことを考えるのは止《よ》しとくれ！　言っておくが、俺ャ、人手が足りないという理由だけで嫁を取るつもりはねえからよ。それに、現在《いま》は廻り髪結をしながら佐伯さまのお務めをするだけで筒一杯《つついっぱい》なんだ。とても、嫁を取る余裕《ゆとり》なんてねえからよ」

「ああ、解ってるよ。ただね、今日、ふじ半のお涼さんから、小女のおきぬって娘《こ》はどうだろうかと打診されたもんだからさ……。いい娘《こ》なんだってさ。おまえも知っているんだろう？　人足寄場送りになった兄さんと寝たきりのおとっつァんを抱え、随分《ずいぶん》と辛酸《しんさん》を嘗《な》めてきたそうだけど、長患《ながわずら》いだったおとっつァんも亡くなり、寄場送りとなった兄さんも娑婆《しゃば》に戻ってきて、現在《いま》では雪駄職人として真面目《まじめ》に働いているというからさ……。お涼さんの話では、おきぬって娘《こ》が何より心根の優しい我勢者らしくてさ。けど、無理にって話じゃないんだよ。ただ、そんな娘《こ》がいるということだけでも胸に留《とど》めておいてくれればいいと思ってさ」

佐吉はと胸を突かれ、呆然《ぼうぜん》とした。

まさか、おきぬとの縁談が持ち上がろうとは……。

佐伯の小者を務める佐吉は、おきぬのことも兄の丑松のことも知りすぎるほど知っていた。

無論《むろん》、おきぬに政太《せいた》という約束を交わした男がいたことも、兄の丑松が寄場送りになったことが原因で、政太がおきぬから離れていき、先つ頃、これ見よがしに、ふじ半とは目と鼻の先の小網町《こあみちょう》三丁目に料亭にほん橋川を出したばかりか、贔屓《ひいき》の大店《おおだな》の娘を嫁に貰ったことも……。

そのことで、おきぬがどれだけ疵《きず》ついたことか……。

思い人に添《そ》えない辛《つら》さや、慕った相手がすぐ傍で幸せに暮らす姿を眺《なが》めている辛さは、同じ思いを味わった佐吉には解りすぎるほど解るのだった。

おたみは、そんな話があるということだけを胸に留めておいてくれればよいのだから、と言ったが、おきぬのことは佐吉の胸に深く根を下ろした。

別に、おきぬのことを女ごとして意識したわけではないのだが、何故かしら、放っておけないような、そんな気持に駆られたのである。

とは言え、廻り髪結の傍《かたわ》らお上の御用を務める佐吉には女ごのことなどに構っている余裕《ゆとり》はなく、現在《いま》も銀造親分に駆り出され、大伝馬町《おおでんまちよう》へと脚《あし》を速めていた。

「済まねえな。松の野郎が風邪《かぜ》で寝込んじまったばかりか、文治《ぶんじ》の野郎までが別件で遠出《とおで》とあって、急遽《きゆうきよ》、おめえに助《す》けてもらうことになっちまってよ」

銀造親分が道浄橋《どうじようばし》を渡りながら、気を兼ねたように横目に佐吉を窺《うかが》う。

「なに、得意先廻りを終えたばかりで、丁度、手が空《す》いたばかりのときだったんでやすよ。そっか、今日はべったら市だったんでやすよね？　てこたァ、明日は恵比須講《えびすこう》か……。道理で、人出が多いわけだ……」

「おいおい、思い違《ちげ》ェをしてもらっちゃ困るぜ。俺たちゃ、別に、物見遊山《ものみゆさん》でべったら市を覗くんじゃねえからよ！」

「解ってやすよ。先日捕まえた不知火一味の残党が、浅漬《あさづけ》の露天商《ろてんしよう》に紛《まぎ》れ込んでるのじゃなかろうかってことでやしょ？」

「ああ、まっ、そうなんだがよ。ところが、これが定かな情報かどうかは眉唾《まゆつば》ものでよ……。と言うのも、引き込み役をしていたお半《はん》という女ご、一旦《いったん》、口を割ったはいいが、まあ喋ること喋ること……。立て板に水というか、竹に油を塗《ぬ》ったみてェに、次から次へと仲間の名前を暴露《ばら》すもんだから、逆に、どこまで信じてよいのか疑心暗鬼《ぎしんあんき》になっちまうほどでよ。その浅漬売りの男というのは繋ぎ役をしていたというのだが、さてさて、不知火の鉄や主《おも》だった顔ぶれが挙げられたというのに、この期《ご》に及んで、その男だけがのうのうとした顔をしてこの界隈に潜《ひそ》んでいられるものかどうか……。仮に、お半の話が本当だとしても、今頃は高飛びしてるよな？ とは言え、お半の口から英治《えいじ》という名が出たからには、座視《ざし》するわけにもいかねえ……。まっ、そんな理由《わけ》で、おめえにも一役買ってもらうことになったのよ」

「それで、親分は英治という男と面識がおありで？」

「いや、面識はねえ。だがよ、お半が言うには、英治という男、左目の下に掌大《てのひらだい》の青《あお》痣《あざ》があるんだとよ。とにかく、一度見たら忘れられねえ顔というんだが、さあて、どこまで当てになるものか……」

銀造が蕗味噌《ふきみそ》を嘗めたような顔をする。

「おっ、あの人立《ひとだち》を見なよ。まったく、猫も杓子《しゃくし》も、べったら、べったら、と浮かれ立ちやがってよ！」

銀造が大伝馬町の人溜《ひとだまり》を見て、チッと舌を打つ。

「えっ、親分はべったらが嫌《きら》いで？　俺は好きだけどなァ……」

「てんごうを！　好きに決まってるだろうが！　米麹《こめこうじ》で漬《つ》けた、あのねっとりとした甘さが堪《たま》んねえ……。茶請《ちゃう》けに最高だからよ。いや、俺が言いてェのは、何が哀しいかって、こんなに美味《うま》そうなべったら漬を後目《しりめ》に、英治なんて捉《とら》えどころのねえ男を捜し廻らなきゃなんねえかってことでよ！　糞《くそ》ォ、お半の奴、三味線《しゃみせん》を弾《ひ》いたのだとしたら、ただじゃ済まさねえからよ！」

銀造が通りの両脇に棹《さお》となって並ぶ露店に視線を這《は》わせ、糞忌々《くそいまいま》しそうに呟く。

「親分、二手《ふたて》に分かれて捜しやしょう。二人の合流地点を一丁目と二丁目の角ということにして、俺が通旅籠町《とおりはたごちょう》のほうから二丁目を捜しやすんで、親分はここから一丁目を……。そのほうが、手間がかからねえかと思いやすが……」

佐吉がそう言うと、銀造も納得したとばかりに頷く。

佐吉は人立を掻《か》き分けるようにして、通旅籠町へと急いだ。

そうして、通旅籠町から改めて大伝馬町二丁目を一丁目へと歩いて行く。

が、虱潰《しらみつぶ》しに左右の露店を覗き込むのだが、一向《いっこう》にそれらしき男は見当たらない。

糞ォ、やっぱ、がせねたかよ……。

土台《どだい》、不知火一味が捕まったというのに、今頃のうのうと、繋ぎ役をしていた男がべったらを売っていられるはずがない。

そう思うと、つと虚《むな》しさが衝《つ》き上げてきた。

どうやら、一丁目を捜していた銀造も空振《からぶ》りだったようである。

銀造は肩を怒《いか》らせ、憮然《ぶぜん》とした顔をして佐吉の傍に寄って来た。

「どうでェ、それらしき男がいたかよ？」

「いや」

「あのどち女《あま》が！　嵌《は》めやがって……」

「で、どうしやす？」

「しょうがねえだろ！　帰《けえ》るまでだ」

銀造が懐手《ふところで》に周囲《まわり》を見廻す。

すると、べったらを売っていた露店の女《おな》ごが手招きをする。

「よかったら、味見《あじみ》しませんか？　お茶請けに最高ですよ。今、お茶を差し上げますんで……」

途端に、銀造は相好《そうごう》を崩《くず》した。

「おっ、佐吉、馳走《ごち》になるとしようぜ。べったらも食いてェが、喉がからついちまったからよ」

女ごが、どうぞ、どうぞ、と床几《しょうぎ》を前に押し出す。

どうやら、客はここで味見かたがた茶の接待を受けてべったらを買って行くとみえ、見ると、隣の露店でも、そのまた隣でも、客が茶の接待を受けている。

十月十九日はべったら市……。

翌二十日に恵比須講を控《ひか》え宝田恵比寿《たからだえびす》神社《じんじゃ》の境内《けいだい》では古くから神像や打ち出の小槌《こづち》、神棚《かみだな》などを売っていたが、いつ頃からか供物《そなえもの》の大根の浅漬が評判となり、十九日をべったら市、腐《くさ》れ市と呼ぶようになったのだという。

「おっ、やっぱ、美味《うめ》ェや。どれ、俺も嬶《かかあ》の土産《みやげ》に買っていくとするか……。佐吉、おめえは？　おたみやおけいが悦《よろこ》ぶだろうから、買ってってやんなよ」

銀造がカリカリとべったらを齧《かじ》り、佐吉を窺う。

「なら、俺は三本ほど買っていこうかな」

「三本？　三本たァ、そいつァ豪気《ごうき》じゃねえか」

「いや、木戸番小屋のおすえさんにはいつも世話になっているんで……。それに、魚《うお》竹《たけ》のおゆきちゃんにも分けてやろうかなと思って……」

「そうけえ、それがいい。そうやって、持ちつ持たれつ、何事も支え合っていくところが照降町《てりふりちょう》のよいところだからよ。おっ、ねえさん、俺に一本、こいつに三本ほど分けてやってくんな！」

銀造が懐《ふところ》から早道《はやみち》（小銭入れ）を取り出す。

佐吉も慌てて懐へと手をやった。

「いいってことよ。べったらは俺の奢《おご》りだ」

銀造が目まじしてみせる。

「けど、それじゃ……」

「けどもへったくれもねえのよ。今日は佐伯さまに断りもせずにおめえを駆り出したんだ。それによ、おたみやおすえ、書役さんやおゆきちゃんには俺も日頃から世話になっているしよ。たまにはこれくれェのことをして当然なのよ」

捻《ねじ》り鉢巻《はちまき》をした鯔背《いなせ》な男が、べったりくっつくぞォ、べったりくっつくぞォ、と売り声を上げ、縄で縛《しば》ったべったら漬を振り回しながら傍に寄って来る。

「おっ、済まねえな」

「へっ、毎度！」

と、そのときである。

佐吉の目が隣の露店でべったら漬を買う女ごに釘付《くぎづ》けとなった。

佐吉の胸がきやりとする。

あの女ごは、いつぞやの……。

確か、木戸の柵越《さくご》しにお梅《うめ》を窺っていた女ご……。

頭の上から手拭《てぬぐい》を吹き流しにして片端《かたはし》を口に銜《くわ》えているが、目鼻立ちのはっきりとしたあの面差しは、柵越しにお梅や松太郎《まつたろう》たちを瞠めていた女ごに違いない。

佐吉は慌てて銀造の袖《そで》を引いた。

銀造が驚いたように佐吉を見る。

「親分、あの女ご……」

佐吉は小声で囁《ささや》くと、顎《あご》をしゃくって女ごを指《さ》した。

銀造はあっと声を上げた。

「お阿木《あき》……。おめえはお阿木じゃねえか！」

女ごが狼狽《うろた》えたように、銀造に目をくれる。

「……」

女ごの顔から色が失《う》せた。

女ごは挙措を失い背を返すと、人立を掻き分け、瞬く間に人溜の中に紛れ込んでいった。

ところが、どういうわけか、銀造は放心して突っ立ったままなのである。

「親分、あの女ごが松坊たちのおっかさんなんでやすね？」

佐吉が気を苛《いら》ったように念を押す。

「ああ……」

「ああって、親分……。なんで追いかけねえんで？　あの女ごがお阿木だとしたら、取っ捕まえねえと！　得《とく》さんを殺《あや》めたかもしれねえというのによ……」

佐吉のその言葉に、銀造はハッと我に返った。

「違《ちげ》ェねえ！　おっ、佐吉、追いかけるんだ。逃がすんじゃねえぜ」

佐吉と銀造が人立を掻き分けながら女ごを追っていく。

佐吉の脳裡《のうり》に、先日女ごに不覚《ふかく》を取ってしまったときのことが、ちらと過ぎった。

が、あのときは重い鬢盥《びんだらい》を手にしていたこともあり、第一、女ごがお阿木なのかどうかも判らなかったのである。

女ごは右に左にと蛇行《だこう》しながら、人立を掻き分けて行った。

とはいえ、所詮《しょせん》、女ごの脚である。

通旅籠町の角まで逃げると、遂《つい》に、矢折れ尽き果てたかのように蹲《うずくま》った。

「おめえ、得次郎《とくじろう》の女房、お阿木だな？」

佐吉は肩で息を吐きながら駆け寄ると、女ごの顔を覗き込んだ。

「……」

「何故、逃げる。逃げなきゃなんねえのは、おめえに疚《やま》しいことがあるからだろう？」

「……」

女ごは差し俯《うつむ》いたまま首を振った。

と、そこに、銀造が追いついてくる。

「おっ、お阿木、観念《かんねん》しな！　ここで逢ったは百年目。もう逃がしはしねえからよ。得次郎との間で何があったのか、洗いざらい話してもらおうか！」

銀造がドスの利いた声を上げる。

お阿木は開き直ったのか、挑《いど》むような目で銀造を睨みつけた。

「何故逃げたかだって？　そりゃ、あたしは三人の子を捨てて男に走った女ごだからね。今さら、亭主や子の許に連れ帰されたのじゃ堪らないと思ったからじゃないか！」

お阿木はふてらっこい（太々《ふてぶて》しい）嗤いを片頬に湛《たた》え、ちらと銀造を流し見た。

通りは通旅籠町の茶飯屋《ちゃめしや》の二階である。

昼の書き入れ時が終わり、夕餉《ゆうげ》にはまだ間があるせいか、茶飯屋の二階には他に客の姿が見当たらない。

お阿木から話を聞くには恰好《かっこう》の場所である。

ところがどうして、のっけから自身番に連行するよりはと銀造が気を配ってやったのが裏目に出たか、お阿木のこの開き直った態度はどうだろう……。

「亭主や子の許にって、えっ、じゃ、おめえは得さんがどうなったのか知らねえとでも……」

佐吉が目をまじくじさせる。

お阿木は一瞬目を泳がせたが、あんな男、どうなろうとあたしの知ったことかえ、と平然と嘯《うそぶ》いた。

「このどち女《あま》が！　人を茶にするのも大概《てえげえ》にしな！　じゃ、聞くが、二年もの間、亭主や子を捨て姿を晦《くら》ませていたおめえが、何ゆえ、木戸の柵越しに三人の子の姿を窺っていた？　得次郎に何事かあったってことを知らねえ限り、三人の子が木戸番小屋に預けられたってことがおめえに判るわけがねえんだからよ！　さあ、もうシラを切るのは止すんだな。観念して、洗いざらい話しちまうんだ！」

銀造が業を煮やして、鳴り立てる。

が、お阿木は顔色ひとつ変えない。

「てんごう言うのも大概にして下さいな。あたしが木戸番小屋を覗いていたですって？　どこにそんな証拠があるのさ！　第一、あたしはこの男なんて見たこともないからね。おまえさん、一体誰なんだえ？　あたしが照降町の木戸番小屋を覗いていたっていうけど、人違いもいいところ！　あたしはさ、この二年というもの、深川《ふかがわ》にいたんだからさ。大川《おおかわ》を渡ったのも二年ぶりで、たまたま今日はべったら市だったものだから、つい懐《なつ》かしさのあまり、大伝馬町へと脚が吸い寄せられただけなんだからさ……。へえェ、そうなのかえ。得次郎が死んじまったのかえ。それはお気の毒さま……」

銀造と佐吉は啞然《あぜん》として、顔を見合わせた。

「そんな莫迦な……。おめえ、半月ほど前《めえ》に、照降町の木戸で、お梅ちゃんが地面に絵を描《か》いている姿を食い入るように瞠めてたじゃねえか！　そしたら、松坊と竹坊《たけぼう》が小屋の中から飛び出して来て、べい独楽《ごま》を奪い合ってさ。俺ャ、最初《はじめ》は通りすがいの女ごが頑是《がんぜ》ねえ子供の遊び姿に目を奪われているだけかと思った……。けど、それにしては女ごの様子が尋常《じんじょう》じゃねえように思えたし、松坊が何気なく振り返って目が合いそうになった途端に、ハッとおめえは背を向けたんだ。そうだぜ、確かに、おめえは俺が窺っているのにも気づいてたんだよ。だから、逃げたんじゃねえか！　親分、違《ち》げェねえ。あのときの女ごは、この女ごなんだ！」

「だから、この男は誰なのさ！　あたしは知らないね。何さ、黙って聞いてりゃいい加減《かげん》なことを！　そういうのを唐人《とうじん》の寝言《ねごと》っていうんだよ」

お阿木が皮肉な嗤いを浮かべる。

「おう、お阿木、ひょうらかすのも大概《てえげえ》にしな！　この男はよ、髪結床猫字屋の倅《せがれ》で廻り髪結を専門とするが、見掠《みかす》めるんじゃねえぜ！　現在《いま》は亡き、男神の親分と呼ばれた嘉平親分の倅で、佐吉自身も同心佐伯隼太さまの小者を務めてるって按配《あんばい》でよ。どちらがいい加減なことを言ってるかは、一目瞭然《いちもくりょうぜん》ってもんでェ！　それによ、おめえ、さっき得次郎が死んじまったと言ったが、俺も佐吉も得次郎に何事かあったと仄《ほの》めかしただけで、死んだとはまだ言っちゃいねえんだぜ？」

銀造がじろりとお阿木を睨めつける。

お阿木は狼狽《うろた》えた。

「それは……」

「どうでェ。いっそのやけ、話しちまいな。得次郎は最期《さいご》の最期まで誰に刺されたのか口を割ろうとしなかった……。まるで、誰かを庇《かば》っているかのようでよ。それで、俺たちは得次郎がごろん坊に絡《から》まれたのでも喧嘩《けんか》に巻き込まれたのでもなく、顔見知りの者、それも得次郎が庇わなくてはならねえ者に刺されたのだと睨んだのよ。となると、あいつが生命《いのち》を張って庇う相手は、おめえか弟の得三郎《とくさぶろう》……。なっ、佐吉、得次郎の最期の様子を話してやんなよ。おめえは得次郎が息を引き取るまで、毎日、あいつの見舞いに行ってたんだからよ」

銀造が何か言いたいことがあるのなら言ってしまえとばかりに、目まじする。

佐吉はお阿木に目を据えた。

「忘れ扇《おうぎ》……。おめえ、いつだったか、得さんにおまえはあたしにとって忘れ扇にしかすぎないと言ったんだって？」

お阿木は一瞬とほんとした。

「忘れ扇？　そりゃ一体《いってえ》なんのことでェ……」

銀造が訝しそうに訊ねる。

「俺、得さんが道玄さまの診療所に運ばれてからというもの、人目を忍《しの》んで毎日病室を覗いてやしたでしょう？　見舞いというより、なんとしてでも得さんの口から誰に刺されたのか聞き出すためだったんだが、終しか、聞き出すことは出来なかった……。けど、一度だけ、譫言《うわごと》みてェに得さんが忘れ扇と呟いてよ……」

佐吉はそのときのことを二人に語って聞かせた。

忘れ扇とは、それまで何を訊ねても答えようとしなかった得次郎が、初めて口にした言葉なのである。

「得さんよォ、今、忘れ扇と言ったが、忘れ扇たァ一体《いってえ》なんのことだ？」

佐吉は得次郎の耳許《みみもと》に口を近づけ、問いかけた。

「忘れ扇……」

「だからよ、忘れ扇たァなんのことなんでェ……。扇だろ？　夏場に煽《あお》ぐ、あの扇だろ？」

「お阿木がよ……。言ったんだ。忘れ扇と……」

「お阿木って誰だ？　ああ、そうか……。松太郎たちのおっかさんのことなんだな？」

「あいつ、おまえはあたしにとって忘れ扇にしかすぎないと、そう言いやがった……」

「得さんが忘れ扇って、そりゃ一体《いってえ》どういうことなんでェ……。おっ、大丈夫《でえじょうぶ》か？　無理すんな。無理すんなといっても、俺ャ、おめえの口から誰に刺されたのか訊《き》かなくちゃなんねえんだが……。じゃ、思い切って訊くぜ。おめえを刺したのは女房のお阿木なんだな？」

得次郎は否定の意味か、弱々しく首を振った。

「違う？　じゃ、なんで今、お阿木がおめえのことを忘れ扇と言ったというんだよ」

佐吉がそう問い詰めたところに賄《まかな》いの婆《ばあ》さんが病室に飛び込んで来て、そこで話は終わってしまったのだが、結句、それが得次郎の最期の言葉となってしまったのである。

「俺、あれからずっと忘れ扇という言葉の意味を考えてたんだが、忘れ扇って俳句の季語で、秋になって突然暑い日があり、忘れていた扇を取り出して使うという意味と、秋になってもう必要としなくなったという意味の両方に使われるというじゃねえか……。それで思ったんだが、おめえが得さんに見切りをつけて忘れ扇にしかすぎねえと言ったのだとしたら、それほど屈辱的《くつじょくてき》なことはねえ……。それなのに、得さんは恨《うら》み言のひとつも言わずに三人の子を育て、最期の最期までおめえを庇おうとしたんだからよ。なっ、そこまで得さんはおめえに惚《ほ》れ込んでたんだぜ！　俺だってよ、おめえが刺そうと思って得さんを刺したんじゃねえことくれェ解ってる……。きっと、何か事情があったに違《ちげ》ェねえとも思ってる。だから、話してくれねえか？　場合によっては、情状《じょうじょう》酌量《しゃくりょう》ってこともあるんだからよ。なっ、親分、そうだよな？」

佐吉が銀造を縋《すが》るように見る。

「ああ、そういうこった。お阿木、さあ話してみな！」

「……」

お阿木は初めて辛そうに眉根を寄せた。

「忘れ扇……。あの男《ひと》がそんなことを……」

「じゃ、言ったんだな？」

お阿木は俯いたまま、うんうんと頷いた。

「あたし……、あたし……、得三郎のことしか頭になかった……。得次郎と夫婦《めおと》になったのも、人足寄場から三年で戻って来ると思っていた得三郎が戻ってこなかったからで、もう二度と逢えないのではなかろうかと自棄《やけ》っぱちになったからなんですよ。けど、あん男《ひと》、再び目の前に現れてくれた……。その瞬間、得次郎はあたしにとっては忘れ扇となっちまって……。それからというもの、得次郎との間に生まれた竹次郎やお梅までがおぞましく思えてきて、後先《あとさき》構わず得三郎の後を追ったんですよ。ええ、解っていますよ……。母としてより女ごとして生きることを選んだ、業の深い女ごとでも言いたいんでしょう？　ああ、誹《そし》られたって構わない！　なんと言われようが、あたしは得三郎なしには生きていけなかったんですよ……」

お阿木はそれだけ言うと、わっと両手で顔を覆《おお》った。

暫くして、お阿木は得三郎、得次郎との間に何があったのかを話し始めた。

「確かに、得三郎は世間から後《うし》ろ指を指されるような男かもしれない……。けど、生まれ持っての極道《ごくどう》じゃないんですよ。寧《むし》ろ、捨て犬や捨て猫を拾って育ててみたり、傷ついた小鳥を庇護《ひご》してやるような心根の優しい男でね。そんな得三郎が極道に走ったのは、兄貴のせいなんですよ。得次郎、得三郎兄弟には得太郎《とくたろう》という兄貴がいて、早くに双親《ふたおや》を亡くしちまったもんだから、仕事師《しごとし》（鳶職《とびしょく》）をやっていた得太郎が親代わりとなり、二人を厳しく躾《しつ》けてたんだけど、得太郎には優男《やさおとこ》の得三郎が焦れったくてしょうがなかったんだろうね……。犬猫なんかにかまけてるんじゃねえ、男なら男らしく喧嘩のひとつでもやってこいとけしかけ、得三郎の目の前で犬猫を川に放り込んでみたり、何かというと、殴《なぐ》るの蹴《け》るのでさァ……。得太郎とは十歳も歳が離れていた得三郎には抗《あらが》うことなど出来ようもない……。次第に、得三郎の心は荒《すさ》んでいき、男として認めてもらいたいがばかりに、ごろん坊と連《つる》むようになったんだが、慌てたのは得太郎でさ……。得太郎にしてみれば、まさか得三郎が男らしさをはき違えて、ごろん坊の仲間になるとは思ってもみなかったのだろうね」

お阿木が昔を思い出すかのように長押《なげし》に視線を移す。

「あたしが得三郎に出逢ったのは、得三郎が家を飛び出した直後のことでね。当時、あたしは居酒屋の小女をしていたんだけど、客として来た得三郎にひと目でぞっこんになっちまって……。すこぶるつきの好い男とは、あのような男のことをいうんだろうさ！　いつ来ても、仲間と連んで粋《いき》がってたけど、あたしを見る目に優しさが漂《ただよ》っていてね……。あたし、この男のためになら生命《いのち》を投げ出しても構わないとまで思った。そんなあたしの想いが通じたんだろうね。二人が鰯煮《いわしに》た鍋《なべ》になるにはさしてときがかからなかった……。ところが、あたしが得三郎の子をお腹に宿した直後、丁半場《ちょうはんば》（賭場《とば》）に手入れがあってさ。得三郎は人足寄場送りになっちまったんだよ」

お阿木はそこまで話すと、ふうと肩息を吐いた。

「そこで、得次郎が登場するってわけなんだな？」

銀造が煙管《きせる》に甲州《こうしゅう》（煙草）を詰めながら、上目《うわめ》にじろりとお阿木を窺う。

お阿木は再び太息を吐いた。

「得次郎って男は得太郎と違って、優しい男でさ。几帳面《きちょうめん》が着物を着たような、律儀《りちぎ》な男なんだよ。得太郎のような勇《いさ》ましさもなければ、同じ優しさでも得三郎のような柔《やわ》な面もない……。つまり、面白《おもしろ》くもおかしくもない男でさ。そんな得次郎だから、得太郎もこいつにはこいつの道があると思ったみたいで、箸師《はしし》になりたいというのを止めなかったそうでさ。まっ、得太郎の読みは外《はず》れていなかったのだろうね。あたしの前に現れたときには、その道でいっぱしに名の通る職人となっていたからさ……。得次郎は得三郎が寄場送りになったことをどこからか聞いてきたんだろうね。あたしの前に現れると、弟がおまえに迷惑をかけることになって済まない、得三郎が娑婆《しゃば》に戻ってくるまで、弟の代わりに自分がおまえと腹の子の面倒を見るので安心してほしい、こんな自分でよかったら、世話をさせてくれないか、と頭を下げたんだよ。あたしにしてみれば福の神が舞い込んだようなものでさ。だってさ、お腹が大きくなったのでは、小女として働くわけにもいかないし、立行《たちいき》のことを考えれば神仏に出逢ったような想いでさ……」

「それで、小網町一丁目の時雨店《しぐれだな》に越してきたんだな？　そこで、おめえは得三郎の子松太郎を産んだってことになるんだが、ちょい待った……。確か、人別帳《にんべつちょう》には得次郎とおめえは夫婦《めおと》で、松太郎は二人の長子《ちょうし》と記載《きさい》されているが、てこたァ、そのときから二人は夫婦《めおと》の関係だったってことか？」

銀造が訝しそうに首を傾げる。

お阿木は首を振った。

「得次郎はあんな男ですからね。女房でもない女ごを同居させたのでは、世間体《せけんてい》が悪いとでも思ったのでしょう。世間にはおめえを女房、松太郎を我が子として徹すが、おめえの身体には指一本触《ふ》れねえ、おめえは得三郎が無事に戻ってくるまでの大切な預かり者なのだからって……。得次郎はそれはよくしてくれましたよ。松太郎のことも我が子のように可愛《かわい》がってくれ、松太郎もすっかり得次郎のことを実のおとっつァんと思って慕ってたんですよ。ところが、やっと三年の歳月《さいげつ》が経ち、労役《ろうえき》を終えようかというときになって、得三郎が寄場内で刃傷沙汰《にんじょうざた》を起こしたというじゃないか……。得三郎が娑婆に戻って来る日を指折り数えて待っていたあたしは、衝撃のあまり気が錯乱《さくらん》しちまって……。いっそ、松太郎を連れて川に身を投じようかと嘆《なげ》くあたしを見るに見かね、得次郎があたしと松太郎を両手で抱え込んでくれましてね。あたし、その胸に縋って泣きたいだけ泣いたんですよ。その日を境に、あたしと得次郎は本物の夫婦《めおと》となりました。やがて、竹次郎が生まれ、お梅が生まれ、得次郎との静かな生活《たつき》にも慣《な》れてきて、それなりに幸せだった……。けど、あたしの中では、決して得三郎への熱い想いが消えたわけではなかった……。得次郎に抱かれていても、頭の中では、あん男《ひと》に済まない、逢いたい、あたしの身体の上にいるのがあん男だったらどんなによいか……、とそんなことばかり考えてた……」

チッと、銀造が忌々《いまいま》しそうに舌を打つ。

「なんて女《あま》なんだ！　よくも得次郎を虚仮《こけ》にしやがって！」

「そんなことを言われたってしょうがないじゃないか！　あたしの身体は骨の髄《ずい》まで得三郎のものなんだもの……」

「おめえよ、男をなんだと思ってやがる！　利用するだけ利用しておいてよ。無礼《なめ》るんじゃねえぜ！」

佐吉が慌てて割って入る。

「まあま、親分、そうムキになるもんじゃ……。いいから、お阿木さん、話を続けな」

お阿木は気を兼ねたように首を竦めた。

「そりゃね、あたしだって親分によく思われたいがために、綺麗事《きれいごと》を並べたいよ。けど、本当の気持を打ち明けたほうがいいと思ってさァ……。どこまで話しましたっけ？　ああ、そっか……。得次郎との暮らしにも慣れてきたけど、胸の内では得三郎への想いが捨てきれなかったってところまでですよね？」

お阿木がまたもや深々と息を吐く。

「あたしがそこまで得三郎のことを想っているというのに、あん男《ひと》、娑婆に戻ってもあたしの前に現れなかったんですよ。あたしが得三郎が娑婆に戻って来ていたと知ったのは、お梅を生んだ直後のことでしてね……。それも、たまたま得三郎のごろん坊仲間に町中で出会しましてね。その男、当然、得三郎があたしと一緒にいると思い、元気にしているかって訊くじゃないですか！　あたし、いきなり袈裟懸《けさが》けを食らったかのようで、愕然《がくぜん》としちゃって……。なんでも、その男が言うには、得三郎はあたしが竹次郎を生んだ直後に放免《ほうめん》になったとかで……。それなのに、あん男《ひと》、あたしを捜そうとしなかったんですよ！　あたし、捨てられたのだと思うと生きた空もなく、それからは自棄無茶になって……。そんなあたしを支えてくれたのも得次郎でした。おまえには俺がついているじゃないか、現在《いま》よりもっとおまえたち母子四人を幸せにし

てみせる、弟のことを忘れてくれとは言わない、だが、おまえには俺がついていると
いうことを忘れないでおくれって……」

「なんて善い奴なんだ、得次郎って男はよ」

銀造が鼻をぐずりと鳴らす。

佐吉の胸にも熱いものが込み上げてきた。

得次郎の切《せつ》ないまでのお阿木への想いが伝わってきたのである。

「だから、あたしは得三郎に捨てられたのだと思い、諦めなければと懸命《けんめい》に自分に言い聞かせました。けど、莫迦ですよね……。言い聞かせて諦めきれるものなら、とっくの昔に諦めてた……。結句、それからも諦めきれないままくしくしていたそんなとき、得三郎が現れたのですよ。いえ、現れたといってもあたしの前にではなく、得次郎の前に……。得三郎は箸問屋《はしどんや》に卸《おろ》しに行った得次郎を待ち伏せしていて、そのとき、こう言ったそうでさ……。婆婆に戻って来て初めて、兄貴がお阿木と所帯を持ったことを知った、聞くと、二人の間には餓鬼《がき》もいるそうだが、これが他の男というのなら、すぐさまお阿木と俺の子を返せと迫るところだが、相手が兄貴じゃそういうわけにもいかねえ、兄貴がどんな想いでお阿木を支えてくれたのか解りすぎるほど解っているからよ、それで、一旦《いったん》は身を退《ひ》こうと姿を晦ませたが、此の中、お阿木と餓鬼

のことが気になって仕方がねえと……。あん男《ひと》、そう言ったんですよ」

お阿木が辛そうに眉根を寄せる。

「得三郎は得三郎なりに悩んだのだと思うよ。兄のことを考えて身を退くべきか、それとも、あたしに逢い、あたしがどうしたいのかを訊くべきかどうかと……。得次郎は得次郎で、弟が戻ってきたというのに、自分が亭主面《ていしゅづら》をしていてよいものかどうかと悩んだんだろうさ。それで、あたしに得三郎が戻ってきたことを打ち明け、どちらについて行くのか選ぶようにと言ったんだよ。あたしは得三郎が待っていてくれるのだと知り、天にも昇《のぼ》る心地で、二つ返事で得三郎の許《もと》に戻りたい、と答えたんだよ。そしたら、得次郎が辛そうに顔を歪《ゆが》め、やっぱり、おまえは得三郎を選ぶのかって、はらはらと涙を流すんですよ。それであたし、居たたまれなくなって、おまえはあたしにとって忘れ扇にしかすぎないって口走っちまったんですよ……」

お阿木はきっと唇を噛んだ。

忘れ扇とは、なんと、そんな状況で発された言葉だったのである。

「まったく、切っても血が出ねえ女ごとは、おめえのような女ごのことを言うんだぜ！」

銀造が憎体《にくてい》に吐き出す。

「切っても血が出ない……。本当に、そうかもしれないね。だってね、あのとき、得次郎がひとつだけ条件をつけたんだよ。おまえを得三郎に返しても構わない、だが、松太郎は生まれたときから自分の子として育ててきて、松太郎自身もそう信じている、それに、竹次郎やお梅にとっては兄妹《きょうだい》なのだから、三人を切り離すことは考えられない、だから、松太郎を置いていくというのであれば、おまえのことは諦めようって……。ふン、得次郎の腹は見え見えさ！　恐らくそう言うと、あたしが得三郎の許に行くのを諦めるとでも思ったんだろうさ……。けど、あたしは得三郎を選んだ！　だってそうだろう？　松太郎一人を連れてったって、竹次郎やお梅は置いていかなきゃならないんだし、あたしにとっては同じことでさ。それより、恋《こ》い焦《こ》がれた得三郎と暮らせることのほうがどれだけ大切か……。ほら、そんな怖い顔をして！　だから、あたしは切っても血が出ない女ごだと言ったじゃないか……」

お阿木が恨めしそうに、上目に銀造を見る。

「……」

「……」

銀造も佐吉も、言葉をなくしたかのように呆然《ぼうぜん》としていた。

子より男を選ぶ女ごの気持……。

凡《およ》そ、二人には理解しがたいことだったのである。

3

茶飯と田楽《でんがく》が運ばれてきて、暫くは三人とも食べることに専念した。

が、砂を嚙むような想いとはこのようなことをいうのであろうか……。

事実、佐吉には茶飯の味も田楽の味も判らず、何を食べても美味いとは感じられなかった。

銀造が湯呑に土瓶《どびん》の焙《ほう》じ茶を注ぎながら、徐《おもむろ》に口を開く。

「そろそろ本題に入《へえ》りてェんだが、その前《めえ》に、ひとつ訊きてェことがあってよ……。仕事師をしている得太郎という兄貴だがよ。得三郎が家をおん出て以来、一向に名前《なめえ》が出てこねえが、奴はどうしてる？　というのも、得三郎が人足寄場に送られたというのに、得太郎は知らぬ顔の半兵衛《はんべえ》を決め込んでいるのかと思うと、どこかしら解《げ》せなくてよ」

お阿木は慌てて茶を飲み干した。

「得三郎が人足寄場に送られる前年、死んじまったんですよ。鳶《とび》のくせして、出初《でぞ》めの梯子《はしご》乗《の》りでやりくじっちまって、首の骨を折って御陀仏《おだぶつ》なんて、洒落《しゃれ》にもならない……。質《しち》の流れと人の行く末は知れないとはよくいったもんですね……」

「得太郎が死んだとは……。ほう、それで、得次郎は兄貴に代わって、得三郎の尻拭《しりぬぐ》いをしようと思い、おめえの面倒を見ようと言い出したんだな？」

銀造が納得したように頷く。

「では、話してもらおうか」

銀造は改まったように、お阿木に目を据えた。

お阿木がつと目を伏せる。

「……」

「どうした？　現在《いま》になって、突然、口をなくしたってわけじゃねえだろうが！　おめえが三人の子を置いて得三郎の許に走ったことまでは判ったが、その続きだよ！　おっ、得次郎との間に何があったのかを話してくんな」

お阿木は意を決したように、目を上げた。

「得三郎とあたしは幸せに暮らしていたんですよ。得三郎はあたしを迎えるに当たって、深川冬木町《ふゆきちよう》に小間物屋を出していましてね。小商いながらも見世は順調で、何不自由のない暮らしをしてたんですよ。けど、半年前から得三郎が病《やまい》の床に就《つ》くようになって……。労咳《ろうがい》なんです。といっても、まだ暫くは保《も》つようなんだけど、完治《かんち》することは叶《かな》わないだろうと言われて、あたし、得三郎にどうしても松太郎を逢わせてやりたいと思ったんですよ。それで、思い切って得次郎に文を出し、話があるんでと言って椙《すぎ》ノ森稲荷《もりいなり》に呼び出したんだけど、あたしがひと目得三郎に松太郎を逢わせてくれないかといくら頼んでも、得次郎はうんと言ってくれなくて……。得三郎の先が永くないというのであれば尚更《なおさら》、現在《いま》、実のおとっつァんだといって得三郎を逢わせるわけにはいかない、松太郎は自分を父親《てておや》だと信じてくれているのだし、仮に、この先、得三郎がこの世を去ることにでもなれば、得三郎亡き後、おまえが子供たちの許にすんなりと戻って来られなくなるではないかって、そう言うんですよ。得次郎がそんなことを言うなんて……。だって、実の弟が死の床にあるんですよ？　それなのに、弟の気持を慮《おもんばか》るどころか、得三郎の死後、あたしに何食わぬ顔をして戻って来いと言ってるんだからさ……」

お阿木は悔《く》しそうに唇を噛み締め、ぶるるっと肩を顫《ふる》わせた。

「あいつ、偽善者《ぎぜんしや》なんですよ！　あたし、ついカッと頭に血が昇《のぼ》っちまって、懐に忍ばせた匕首《あいくち》を抜いたんですよ。いえ、脅《おど》すつもりで、決して殺めようとは思っちゃいなかった……。あたし、匕首を自分の喉に当て、おまえが松太郎を得三郎に逢わせないというのなら、今、この場で喉を切り裂いて果ててやる、あたしさえいなければ、おまえは病の得三郎を不憫《ふびん》がり手許《てもと》に引き取るだろうから、そうしたら、何もかもが円《まる》く収まるんだよって、そう叫んだんですよ。得次郎はそれこそ慌てふためいちまって……。解った、解った、そうするからと言いながら傍に寄って来て、あたしの手から匕首を奪おうとしたんですよ。あたしは奪われまいと必死になり、何がなんだか解らないまま、気づくと、得次郎が脇腹に手を当て蹲っていたんですよ……。そして、あたしの手には血に染《そ》まった匕首が……。あたし、ああ、刺しちまったんだと思うと、脚がガクガク顫えて……。そうしたら、得次郎が喘《あえ》ぎながら囁《ささや》くんですよ、早く逃げな、……。おめえに刺されたとは口か裂《さ》けても言わねえから、さっ、早く逃げなって……。それでも、あたしは脚が竦んで動けなかった。けど、得次郎が、済まなかったな、俺が意地張ったばかりに、こんなことになっちまった、お阿木、頼むから逃げてくれ、おめえは得三郎や子供たちに大切《てえせつ》な存在なんだ、俺ャ、忘れ扇でいいからよ……、とそう言って、力を振り絞《しぼ》るようにして、あたしを追い払おうとするんですよ。五ツ（午後八時）を過ぎていて、辺りには人気《ひとけ》がありませんでしたからね。あたし、言われるままに神社の御手洗《みたらい》で手を洗い、浜町川《はまちょうがわ》まで出ると四ッ手（駕籠《かご》）を駆って、深川へと戻ったんですよ。けれども、そのときには、得次郎を刺したことは解っていても、死に至《いた》らせたのかどうかまでは解らなかった……」

お阿木は俯き、暫し言葉を選んでいるようだった。

「けど、あたし、怖くて、怖くて……。闇の中に、苦しそうに喘ぐ得次郎の顔が幾重《いくえ》にも重なって浮かび上がり、もしかしたら得次郎はあのまま息絶えちまったのじゃなかろうかと思うと、胸が張り裂けそうになって……。それで、まんじりともしないまま夜が明けるのを待ち、再び大川を渡り照降町界隈まで脚を延《の》ばすと、それとなく人の噂話に耳を欹《そばだ》てていたんですよ。と言っても、小網町には近づけない……。面が割れちまいますからね。それで、ここなら面が割れないだろうと思う人の集まりそうな場所を彷徨《うろつ》いていたら、案の定、得次郎が何者かに刺されて診療所に運ばれ、残された三人の子供が照降町の木戸番小屋に預けられているという話が耳に飛び込んで来たではないですか……」

お阿木が目を閉じる。

暫く沈黙が続いた。

「おっ、どしてェ！」

銀造が戸惑《とまど》ったように声をかけると、お阿木は目を開け、深々と息を吐いた。

「あのときの気持を思い出すと、なんて話せばいいのかと思って……。端《はな》から刺す気はなかったといっても弁解にしかすぎない……。けど、あたしが得次郎を刺しちまったのは紛れもない事実……。そう思うと遣《や》り切れなくて……。本来なら、あたしが刺しました、とすぐさま自身番に駆け込まなければならなかったのでしょうね。けど、あたしがそうすると、病の得三郎が一人取り残されてしまう……。だったら、得次郎を刺した下手人《げしゅにん》があたしだと暴露《ばれ》ていないことでもあるし、決しておめえに刺されたと口を割らないと言った得次郎の言葉を信じて、このまま頬っ被《かぶ》りしてしまおうかと思ったり、心が千々《ちぢ》に乱れて……。それで、逃げ延びられるだけ逃げよう、一日でも永く得三郎の傍にいようと決めたんですよ。けど、三人の子がどうしているのかだけは確かめておきたくてね。木戸番小屋に預けられたというのであれば、遠目にでも元気にしている姿を覗いてみたい……。あたし、どうしてもその気持が抑《おさ》えきれなくなって……。まさか、それをこのにいさんに見られていたとは……。悪いことは出来ないもんだね。しかも、あとで聞いた話じゃ得次郎は死んじまったとか……。罰《ばち》が当ったんだろうさ。ええ、覚悟しましたよ。あたしをしょっ引いて下さいな」

お阿木はそこまで言うと、ガクリと肩を落とした。

「よし、解った。取り敢《あ》えず、おめえを自身番に連れて行く。そこで改めて取り調べとなるが、今言ったことを洗いざらい佐伯さまに話すんだ……。大番屋《おおばんや》送りになるかどうかはそれからのこととなるが、これは俺の推測だが、情状酌量が適応され、軽罪で済むのじゃねえかと思うが……」

銀造がそう言うと、お阿木はほっと眉《まゆ》を開いたが、すぐに、あっと辛そうに顔を歪めた。

「でも、得三郎は……。得三郎のことはどうなるのでしょう」

お阿木の必死な形相《ぎょうそう》に、銀造と佐吉が顔を見合わせる。

「はて、一体《いってえ》どうしたものかな……。得三郎は此度の件には関係ねえとしても、おめえがいなくなった後、病の得三郎を一人で放って置くわけにはいかねえよな？　深川冬木町で小間物屋を営《いとな》んでいると言ったが、使用人はいるのか？」

銀造が訊《たず》ねる。

「はい。と言っても、小僧が一人と賄いの婆やが一人……。僅《わず》かばかりの貯《たくわ》えがあるんで当面立行するには困らないと思うけど、病の得三郎を一人で放っておくのが気懸《きが》かりで……」

お阿木が顔を顰《しか》める。

「そうけえ……。では、得三郎のこたァ、鈴江道玄さまに相談してみよう。道玄さまに預けることが出来れば、それに越したことはねえからよ。ともあれ、おめえがお縄になることだけは免《まぬが》れねえ……。まっ、覚悟するんだな！」

「はい」

お阿木は素直に頷いた。

「おっ、行こうか！」

銀造が立ち上がる。

佐吉は慌てて早縄《はやなわ》に手をかけた。

すると、銀造が縄を引っ込めろと目で制す。

「お阿木はもう逃げはしねえ。縄は必要なかろう」

佐吉はほっと安堵《あんど》の息を吐いた。

目にこそ見えないが、既にお阿木の身体には幾重《いくえ》にも捕縄《とりなわ》がかけられているのである。

せめて自身番に着くまでは、罪人として引っ立てられる姿を人目にさらすことはない……。

銀造の気扱《きあつかい》に佐吉の胸が熱くなる。

佐吉は感謝の意を込めて、銀造の目を瞠めた。

「お阿木にお裁《さば》きが下《くだ》されたが、想像以上の重刑……。些《いささ》か驚いたぜ」

魚竹の主人《あるじ》竹蔵《たけぞう》が手酌《てじゃく》で酒を注ぎながら、太息を吐く。

左衛門町《さえもんちょう》の小料理屋ふじ半の小上がりである。

「ああ、まったくだ……。情状酌量が適応され、重くてもせいぜい人足寄場送りだろうと思っていたのに、八丈島《はちじょうじま》に遠島《えんとう》だとはよ。けれども、佐伯さまの話では打ち首にならなかっただけでも有難いと思わなくてはならないそうでよ……」

喜三次《きさんじ》も遣り切れないのか、苦々《にがにが》しそうに呟き、ぐいと酒を呷《あお》った。

「まっ、事情はどうあれ、人一人を殺めちまったのだから仕方がないといえば仕方がないのだがよ……。佐吉、おまえさんは佐伯さまに仕《つか》えているのだから、その辺りの事情には詳しいのではないのかえ？　それで、何がお上の心証《しんしょう》を害したと？」

竹蔵が佐吉に酌《しゃく》をしながら、上目にちらと佐吉を窺う。

「ええ、それが……。佐伯さまも銀造親分も、あのお裁きには納得がいかなかったようで……。それで、あれこれと推測してみたんだが、お阿木に殺意があったのではないことまではお上も納得したようなのだが、どうやらお阿木のこれまでの手前勝手な身の有りつきが気に入らなかったようでしてね。お阿木は得次郎や三人の子を捨て得三郎の許に走った時点で、女房であり母であることよりも女ごであることのほうを選んだ……。まっ、そんな女ごは別にお阿木に限ったことでもなく、それならそれでいいんだが、思うに、再び得次郎の前《めえ》に現れたお阿木が、得三郎に松太郎を逢わせようとしたことがお上の逆鱗《げきりん》に触れたのではなかろうか、という結論に至りやしてね……。つまり、お阿木の頭の中には亭主や子のことは微塵《みじん》芥子《けし》ほどもなく、心は常に得三郎へと向いていたってことでよ。松太郎を得三郎に逢わせたいと思ったのも松太郎のためではなく、せめて得三郎に父親《ておや》の想いを味わわせてやりたいという気持からであり、そこには母親の情なんて一片《いっぺん》たりともありゃしねえ……。俺たちはお阿木の女心につい絆《ほだ》されそうになっちまったが、お上の目は節穴《ふしあな》じゃなかったってことで、お阿木の本性を見抜いたってことなんだろうと、そう佐伯さまはおっしゃってやした」

「成程……。一人の男に一途《いちず》に惚れる女心はいじらしくも思えるが、そのために亭主や子を犠牲にし、疵つけてよいはずがねえ……。得次郎なんて、心が疵つけられたばかりか、生命《いのち》まで奪われてしまったんだからよ。お阿木に情をかけようにもかけられねえってことなんだろうな……」

竹蔵が苦虫《にがむし》を嚙み潰《つぶ》したような顔をする。

「それなのに、得さんは最期までお阿木に刺されたと言わなかったんだからよ。よくいい、いい、せきのこと、お阿木に惚れ込んでいたんだろうな……。それなのに、お阿木の心の中には得次郎や子のことなど寸毫《すんごう》もねえんだからよ！　やっぱり、あの女ごは魔性《ましよう》の女ごなんだよ」

喜三次が珍しく憎体に言う。

「魔性の女ご……。確かに、言えてらァ！　お阿木は得次郎に惚れられたばかりか、得三郎にも惚れられてたんだもんな。いや、待てよ。得三郎の場合はお阿木とは相思《そうし》の仲……。てこたァ、得次郎はそれが解っていて横恋慕《よこれんぼ》したことになり、あいつはお阿木の心が常に得三郎にあると解っていて、それでも傍にいられることに幸せを見出していたってことか……。挙句《あげく》、利用されるだけ利用され、へっ、とんだ道化《どうけ》もいいところ！　なんとも切ねえ話だぜ」

竹蔵が、なっ、と佐吉に目まじする。

佐吉の胸にチカッと痛みが走った。

お阿木は茶飯屋で得次郎を刺したのは自分だと白状したときも、自身番に身柄《みがら》を移してからも、終しか、三人の子の今後を案じようとしなかったのである。

お阿木が執拗《しつよう》なまでに食い下がったのは、病の得三郎のこと……。

「此度のことに得三郎は関係がないんです！　松太郎を連れて行こうとしたのは、あたしの一存で、あん男《ひと》は何も知りません。病の床でまだ見ぬ息子に想いを馳《は》せるあん男《ひと》を見るに忍びず、あたしが勝手に松太郎を取り返そうと思っただけなんですから……。あん男《ひと》の傍にはあたしがついていてやらなきゃ駄目なんです！」

お阿木はそう猛《たけ》り狂ったように叫び、

「あたしがいなくなったら、あん男《ひと》はどうなるんでしょう？　お役人さま、親分、病の得三郎に手を差し伸べてやって下さい！　お金ならあります、有り金のすべてを差し出しますんで、どうか、あん男《ひと》を手厚く看病してやって下さいませ！」

と手を合わせ、佐伯の脚にしがみついて懇願《こんがん》したのである。

喜三次もその場に立ち会っていたせいか辛そうに眉根を寄せ、竹蔵の後に続けた。

「男と心底尽《しんていず》くになると、あそこまで女ごは形振《なりふ》り構わなくなれるものなのだろうか……。得三郎のために身を挺《てい》すお阿木の姿には俺も驚きやしたぜ」

「それによ、不知火の鉄の女ごだったお半……。男が心変わりしたと見るや、修羅《しゅら》の焰《ほのお》をめらめらと燃やし、坊主憎《にく》けりゃ袈裟《けさ》までの手合いで、お頭ばかりか一味を一網《いちもう》打尽《だじん》にしちまったんだからよ！　お阿木とはまた少し違うが、言ってみれば、これも女ごの一念《いちねん》……。怖《こえ》ェな、女ごは！　鶴亀《つるかめ》鶴亀……。まっ、俺みてェに五十路《いそじ》を過ぎた爺《じい》さまには縁のねえ話なんだが、おい、喜三次、覚悟しとけや！　おゆきの奴、ああ見えて、腹ん中じゃ何を考えているか解らねえからよ。あいつを怒らせたら怖《こえ》ェぜ！　おお、それに佐吉、おまえさんが嫁を取るのはまだこれからだ……。くれぐれも妙な女ごに引っかからねえように用心するんだな！」

竹蔵がちょっくら返したように言うと、お涼が計ったように小上がりに姿を現した。

「お待たせして済みませんね。さあさ、蓮根餅《れんこんもち》の餡《あん》かけが上がりましたよ。熱いので火傷《やけど》しないように気をつけて下さいね。さっ、おきぬ、お運び！」

お涼がつと背後を振り返る。

すると、小女のおきぬが盆に蓮根餅の入った小ぶりの土鍋《どなべ》を載《の》せ、含羞《はにか》んだような顔をして小上がりに上がって来た。

「おう、おきぬではないか。元気にしていたか？」

喜三次が頬を弛める。

おきぬは盆を床に置くと、深々と辞儀をした。

「おいでなさいませ」

「おや、おきぬ、それだけかえ？　書役さんにお礼を言わなきゃならなかったのじゃないかえ？」

お涼に言われ、おきぬは慌てて頭を下げた。

「その節はご心配をおかけして済みません」

「なに、いいってことよ！　だが、元気になってよかったぜ」

「お陰さまで、おきぬもすっかり元気になりましてね。本当に、その節はお世話になりました。今宵《こよい》は竹さんが書役さんや佐吉さんをお連れ下さると聞き、これはなんでも美味《おい》しいものを召し上がっていただかなければと思いましてね。さっ、おきぬ、蓮根餅をお配りして……。お酒は足りていますか？　おや、もう空《から》ではありませんか。では、あと三本ほどお燗《つ》けしましょうね。このあと、鰤《かます》の塩焼《しおやき》、鮪《まぐろ》の鉄火丼《てっかどん》などが続きますので……」

お涼がそう言うと、竹蔵が、おっ、今日の鮪は最高だっただろ？　と目弾《めはじき》をしてみせる。

「ええ、お陰さまで、刺身《さしみ》ばかりか、葱鮪や締めのご飯物にまで使わせてもらっていますのよ。じゃ、おきぬ、ここはおまえに委《まか》せたからね」

お涼が艶冶《えんや》な笑《え》みをくれると、燗場《かんば》へと戻って行く。

おきぬが三人の前に小ぶりの土鍋を置き、蓋《ふた》を取る。

わっと湯気《ゆげ》が立ち上った。

ぐつぐつとまだ煮立っているのは、出来たての証拠であろう。

「火傷しないように気をつけて下さいね」

「おっ、こいつァ、美味《うま》そうじゃねえか！」

早速、喜三次が木匙《きさじ》で蓮根餅を崩し、口に運ぶ。

「熱《あち》ィ！」

喜三次は慌てて口から木匙を離した。

「だから、熱いから気をつけろと言われたばかりじゃねえか！　まったく、うちの婿《むこ》どのの猪牙《ちょき》がかり（軽率）にも困ったものよ……」

竹蔵が呆《あき》れ返ったように言うと、おきぬがくすりと肩を揺する。

その刹那《せつな》、佐吉とおきぬの視線が絡《から》まった。

おきぬが照れたような笑みを浮かべる。

佐吉の胸も何故かしらざわめいた。

小上がりを去るときに見せた、お涼の艶冶な笑み……。

「今日、ふじ半のお涼さんから、小女のおきぬって娘《こ》はどうだろうかと打診されたもんだからさ……。いい娘《こ》なんだってさ。おまえも知っているんだろう？」

「お涼さんの話では、おきぬって娘《こ》が何より心根の優しい我勢者らしくてさ。けど、無理にって話じゃないんだよ。ただ、そんな娘《こ》がいるということだけでも胸に留めておいてくれればいいと思ってさ」

何気なく放った、おたみの言葉が甦《よみがえ》る。

まさか、竹蔵までが一枚嚙んでいて、それで、今宵自分をふじ半に……。

あっと、佐吉は竹蔵に目をやった。

が、竹蔵はそんな佐吉の思いなど意に介《かい》さずとばかりに、美味そうに蓮根餅に舌《した》鼓《つづみ》を打っている。

「おっ、蓮根餅の他に百合根《ゆりね》や銀杏《ぎんなん》、菊菜《きくな》も入っているではないか！　それに、この葛餡《くずあん》の優しい味はどうでェ……。生姜《しょうが》が効《き》いて身体が温まるじゃねえか！」

「こういう手の込んだ料理は、おゆきには無理ですからね。ここに来なければ食えません……」

「しッ！　口が裂けても、おゆきの前でそんなことを言うんじゃねえぜ！　あいつに臍《へそ》を曲《ま》げられちまったら、今後、なんにも作ってくれねえからよ。そうなりゃ、目も当てられねえ……」

「解ってますよ！」

竹蔵と喜三次が目まじする。

どうやら見るところ、竹蔵には他意《たい》はなさそうである。

そうして、半刻《はんとき》（一時間）後、三人はふじ半を後にした。

刻《とき》は五ツ半（午後九時）、星月夜《ほしづきよ》である。

日本橋川《にほんばしがわ》のほうから吹き上げてくる風が、ちかちかと肌を刺す。

冬はもうすぐそこまで迫ってきているのである。

三人はぶらぶらと東堀留川《ひがしほりどめがわ》を親父橋に向かって歩いて行った。

誰も、もう何も喋らない。

が、言葉にこそ出さないが、三人の想いは同じ……。

お阿木が流罪《るざい》となり、得三郎が余命幾《よめいいく》ばくもないとすれば、松太郎兄妹には身寄りがないも同然……。

だからこそ、照降町の皆が心を一《いっ》にして、これからもあの子たち三人を護《まも》っていかなければならないのである。

と、そのとき佐吉がぽつりと呟いた。

「あっ、走り星！」

喜三次も夜空を見上げる。
満天《まんてん》に散らばる星の光を縫《ぬ》い、すっと流れて消えていく流星《りゅうせい》……。
まるで、三人の想いを星に託《たく》し、流れていくようではないか……。
得さん、大丈夫《でえじょうぶ》だ。あの子たちはきっと俺たちが護るからよ……。
佐吉は口の中で小さく呟いた。

解説

小《お》椥《なぎ》治《はる》宣《のぶ》
（文芸評論家・日本大学教授）

今井絵美子の名が、広く時代小説ファンの間に浸透したのは、二〇〇五年に連作時代小説集『鷺の墓』（ハルキ文庫）が出版されて以後のことであろう。それは、私にとっても忘れることのできない「愛《いと》おしむ」小説との出会いであった。読んでいると、いつの間にか、ふと涙ぐんでしまうような叙情味あふれる世界。だが、その一方で、凛《りん》とした強さを、その内に秘めてもいる。誇り高き人々の「静謐《せいひつ》なる強靭《きょうじん》さ」を温もりのある筆づかいで描いた作家と言えば、山本周五郎や藤沢周平の名が思い浮かぶに違いない。だが、私はむしろ『螢の河』や『悲しき戦記』などの戦記もので知られる伊藤桂一の思わず抱き締めたくなるような時代短編の数々を、今井絵美子の小説を読んだときに思い浮かべた。そうなのである。今井絵美子の小説を読むと、心の中がじんわりと優しさに包まれ、登場人物たちを、作品そのものをそっと抱き締めたくなるのである。

『鷺の墓』、それに続く『雀のお宿』、そして『花あらし』は、瀬戸内の武家社会を舞台にした連作シリーズであった。だが、〈照降町自身番書役日誌〉シリーズの第一作『雁渡り』（廣済堂文庫）以降は、専ら江戸の市井の人たちが物語の中心に据えられるようになる。『鷺の墓』の世界から新たな世界への大胆な跳躍――と感じられるほど、一見すると、両シリーズの印象は異なっている。静から動へと一転したごとくである。

だが読んでみると、物語を支えているのは、その核の部分にある「静謐なる強靭さ」であることが分かる。それは、登場人物一人一人の内面にしっかりと根付いているのだ。しかも、読んでいて、とても心地良い気分にもさせられるのである。それは、作者の筆が、力まずに自然体で動いている証《あかし》でもある。江戸の市井を江戸の言葉で語る作者の筆は、水を得た魚の如くである。

この「大胆な跳躍」こそ、作者をより作者らしくしたとも言える。それは、その後の活躍ぶりを見ても分かる。〈照降町〉シリーズのあと、〈立場茶屋おりき〉（ハルキ文庫）、〈出入師夢之丞覚書〉（ハルキ文庫）、〈便り屋お葉日月抄〉（祥伝社文庫）、〈すこくろ幽斎診療記〉（双葉文庫）、〈夢草紙人情おかんヶ茶屋〉（徳間文庫）と、江戸の市井を舞台にしたシリーズものを次々と発表していくことになる。わずか五年ほどの間にである。

そして、本書『忘れ扇』は、新シリーズ〈髪ゆい猫字屋繁盛記〉シリーズの第一弾ということになる。〈照降町〉シリーズの愛読者ならば、このシリーズ名を見て、ピンときたのではあるまいか。〈照降町〉シリーズ第一弾『雁渡り』第三話のタイトルが「猫字屋」なのだ。〈照降町〉シリーズは、理由《わけ》あって武士を捨て、照降町自身番の書役となった喜三次（生田三喜之輔）を主人公としているため、自身番が主要な舞台であった。猫字屋は、その自身番の斜交《はすか》いにあって、隣りが木戸番小屋である。この立地と、シリーズのレギュラー陣のほぼすべてが、猫字屋を贔屓《ひいき》にして髪を結ってもらっているため、自身番に次ぐシリーズの拠点的役割を担っていた。本シリーズでは、猫字屋と、自身番との主客が入れ替わった形となるが、登場するのは照降町のお馴染《なじ》みの面々である。

では、照降町に初めて足を踏み入れる読者のために、〈照降町〉シリーズについて少し説明を加えておこう。この「照降町」というのは、日本橋北内神田の堀江町、小舟町、小網町の三町の通称なのである。このあたりは、雪駄屋、下駄屋、傘屋が軒を連ねていて、一方は晴天を、もう一方は雨天を望むので、そう呼ばれるようになった。

だから、照降町自身番というのも通称である。この自身番というのは、防犯のための自警組織で、大家や書役、差配など常時四、五人が詰めて、交代で町内を廻《まわ》り、公用に当たり、町内の雑務を処理していた。町内の寄合相談の場でもある。多くは一町に一カ所あったが、照降町自身番のように二〜三町共同で設けるものもあったので、江戸には二〇〇余〜三〇〇あったとされている。

喜三次は、この自身番に町の費用で雇われている書役である。魚河岸《うおがし》で魚竹という仲買をやっている竹蔵の家に間借りしているのだが、そこにはおゆきという一人娘がいた。色白で、二重瞼《ふたえまぶた》の涼やかな目をした、気風が良い娘のおゆきは、かなり年上の同居人喜三次に恋心を寄せていた。父親の竹蔵も二人が所帯を持ってくれることを望んでいる。だが、名を捨て、刀を捨て江戸の市井に生きる決意をした喜三次ではあったが、過去の衝撃的な出来事によって転落していった女性への消し去ることのできない思いが、一歩前へ踏み出すことを躊躇《ためら》わせていた。

〈照降町〉シリーズは、全体を通して読んでみると、必死に生きる庶民の喜怒哀楽を、直接肌で感じながら、過去の重い枷《かせ》を自らの手で外していく、喜三次の成長譚《たん》であることが分ってくる。そして、また、建前で生きる武家社会の鎧《よろい》を脱ぎ捨て、本音で生きる庶民へと生まれ変わる、変身譚でもあった。そこには武家社会から市井へと、描く世界を跳躍させた、作者の熱い思いが込められていると見てとることもできる。〈照降町〉シリーズ第五弾『雲雀野』の最終話で、喜三次とおゆきとは祝言を挙げることが決まったのだったが、本書では、冒頭から夫婦になった二人の話題が出てきて、私などは思わず微笑んでしまった。これは、私の中では、シリーズの面々が実在しているからなのであろう。ということは、私自身が彼らと同じ江戸という空間に時空を超えて跳躍できたとも言える。それは、作者の描く「江戸」が、四季折々に吹く風の匂いや、物売りの声を五感で知覚できるほどに、生き生きとしているからである。そこには、江戸の風情が手を加えない自然な形で実在しているのである。だから、読者は何の抵抗もなく、そこに入っていくことができるのであろう。

さて、次に本シリーズの中心となる猫字屋についてもふれておこう。岡っ引きだった亭主に先立たれた女主人のおたみは、女手一つで三人の子供を育ててきたが、いずれも血を分けた子ではない。長男の佐吉と長女のおよしは火事で親を喪《うしな》い、次女のおけいは捨て子だったのだ。今では、佐吉は廻り髪結いをしながら、定廻り同心佐伯隼太の下っ引きとして働き、二人の女の子は、髪結として、店を手伝っている。佐吉はといえば、本書でも事件を追って大いに活躍する。もっとも〈照降町〉シリーズ

（『雲雀野』第三話「絲遊」）で結婚話が出ていたおよしは、紅藤の主人藤吉に嫁いで、今では店の手伝いのため通ってきているのであるが。

　この女三人で営んでいる猫字屋には、大家の惣右衛門、左官の竜次、煙草屋と翁屋のご隠居、下っ引きの松助と文治、植木職人の太作、魚竹の竹蔵といった、常連客が四六時中居座って、世間話に花を咲かせている。その賑々《にぎにぎ》しい様子は、まさに式亭三馬の『浮世床』を眼前にしているようでもあり、彼らのテンポの良い遣《や》り取りは、古典落語を耳にしているような心地良さでもある。自身番から髪結床に舞台が変わったことで、さらに活気に満ちた庶民ならではの「江戸」を体感できることにもなった。猫字屋の隣の木戸番小屋の女房、おすえが売る焼芋さながらに、ほっこりした、柔らかくて、温かい気分にさせられるのだ。だが、その一方で、作者の筆は、人間の業の深さをしっかりと浮き彫りにさせてもいるのである。作者が新シリーズに込めた思いも、そのあたりにあるのではなかろうか。

　では、本書の中味を簡単にみていくことにしよう。第一話「帚木《ははきぎ》」では、堀江町の長屋に住む、金貸しのおきんが姿を消してしまう。乞食《こじき》のような身なりをした、「切っても血が出ない」と陰口を叩《たた》かれるほどの胴欲婆である。おきんの行方が突き止められたとき、その過去も明らかになる。おきんが、あれほど金に執着したのも、そして、今回の事件も、その悲しい出来事に真相が隠されていたのだった。そして、タイトルの「帚木」の意味するものも……。このおきんは、〈照降町〉シリーズ第三巻『虎落笛』の第一話「霊迎え」にも、ちらりと顔をのぞかせるのだが、生前のおきんの姿が見られるのはこのときだけである。

第二話「忘れ扇」では、箸《はし》職人の得次郎が何者かに刺されたのだが、刺した相手の名を告げようとしない。亡くなる直前に、佐吉に言った「忘れ扇」とは何を意味するのか。残された三人の子どもは、番太郎の女房おすえが引き取り先が見つかるまで面倒をみることになる。

事件は解決を見ぬまま、次の「色なき風」に持ち越される。三人の子どもたちの親類が見つかったのだが、引き取るのは、末娘だけで、上の二人の男の子は引き取らないと言う。その裏には何か目的があるにちがいない。三人を離れ離れにしないために、番太郎の伊之吉と女房のおすえは、ある決断をする。

そして、「走り星」でようやく得次郎を刺殺した犯人が捕まることになる。ところで、本書の第三話と四話には、佐吉の嫁の候補となりそうな娘がそれぞれ顔をのぞかせる。とはいえ、佐吉は、『虎落笛』（第四話「小夜しぐれ」）に登場するおりくに秘かな恋心を抱いていたのだが、失恋してしまって、その傷がまだ癒《い》えていないようでもある。本書の第四話に登場する薄幸の娘おきぬは、『雁渡り』（第二話「あんちゃん」）と『雲雀野』（第二話「お帰り、あんちゃん」）で、その存在が強く印象に残ったはずなので、記憶している読者も多いのではなかろうか。

この新シリーズの今後の展開がどうなっていくのか、興味は尽きない。第二弾が今から待ち遠しい限りである。

【初出】

「帚木」…………「本の旅人」二〇一三年三月号〜五月号
「忘れ扇」………「本の旅人」二〇一三年六月号〜八月号
「色なき風」……「本の旅人」二〇一三年九月号〜十一月号
「走り星」………書き下ろし

髪《かみ》ゆい猫字屋繁盛記《ねこじやはんじょうき》
忘《わす》れ扇《おうぎ》
今井絵美子《いまいえみこ》

平成25年 12月25日 初版発行

発行者●山下直久

発行所●株式会社KADOKAWA
〒102-8177 東京都千代田区富士見2-13-3
電話 03-3238-8521（営業）
http://www.kadokawa.co.jp/

編集●角川書店
〒102-8078 東京都千代田区富士見1-8-19
電話 03-3238-8555（編集部）

角川文庫 18294

印刷所●旭印刷株式会社 製本所●株式会社ビルディング・ブックセンター

表紙画●和田三造

◎定価はカバーに明記してあります。
◎落丁・乱丁本は、送料小社負担にて、お取り替えいたします。KADOKAWA読者係までご連絡ください。（古書店で購入したものについては、お取り替えできません）
電話 049-259-1100（9:00～17:00/土日、祝日、年末年始を除く）
〒354-0041 埼玉県入間郡三芳町藤久保550-1

ISBN978-4-04-101136-2 C0193

角川文庫発刊に際して

角川源義

　第二次世界大戦の敗北は、軍事力の敗北であった以上に、私たちの若い文化力の敗退であった。私たちの文化が戦争に対して如何に無力であり、単なるあだ花に過ぎなかったかを、私たちは身を以て体験し痛感した。西洋近代文化の摂取にとって、明治以後八十年の歳月は決して短かすぎたとは言えない。にもかかわらず、近代文化の伝統を確立し、自由な批判と柔軟な良識に富む文化層として自らを形成することに私たちは失敗して来た。そしてこれは、各層への文化の普及滲透を任務とする出版人の責任でもあった。

　一九四五年以来、私たちは再び振出しに戻り、第一歩から踏み出すことを余儀なくされた。これは大きな不幸ではあるが、反面、これまでの混沌・未熟・歪曲の中にあった我が国の文化に秩序と確たる基礎を齎らすためには絶好の機会でもある。角川書店は、このような祖国の文化的危機にあたり、微力をも顧みず再建の礎石たるべき抱負と決意とをもって出発したが、ここに創立以来の念願を果すべく角川文庫を発刊する。これまで刊行されたあらゆる全集叢書文庫類の長所と短所とを検討し、古今東西の不朽の典籍を、良心的編集のもとに、廉価に、そして書架にふさわしい美本として、多くのひとびとに提供しようとする。しかし私たちは徒らに百科全書的な知識のジレッタントを作ることを目的とせず、あくまで祖国の文化に秩序と再建への道を示し、この文庫を角川書店の栄ある事業として、今後永久に継続発展せしめ、学芸と教養との殿堂として大成せんことを期したい。多くの読書子の愛情ある忠言と支持とによって、この希望と抱負とを完遂せしめられんことを願う。

一九四九年五月三日

角川文庫ベストセラー

夏しぐれ 時代小説アンソロジー

編／縄田一男
平岩弓枝、藤原緋沙子、諸田玲子、横溝正史、柴田錬三郎

夏の神事、二十六夜待で目白不動に籠もった俳諧師が死んだ。不審を覚えた東吾が探ると……。『御宿かわせみ』からの平岩弓枝作品や、藤原緋沙子、諸田玲子など、江戸の夏を彩る珠玉の時代小説アンソロジー！

天保悪党伝 新装版

藤沢周平

江戸の天保年間、闇に生き、悪に駆ける者たちがいた。御数寄屋坊主、博打好きの御家人、辻斬りの剣客、抜け荷の常習犯、元料理人の悪党、吉原の花魁。6人の悪事最後の相手は御三家水戸藩。連作時代長編。

春秋山伏記

藤沢周平

白装束に髭面で好色そうな大男の山伏が、羽黒山からやってきた。村の神社別当に任ぜられて来たのだが、神社には村人の信望を集める偽山伏が住み着いていた。山伏と村人の交流を、郷愁を込めて綴る時代長編。

楠の実が熟すまで

諸田玲子

将軍家治の安永年間、京の禁裏での出費が異常に膨らみ、経費を負担する幕府は公家たちに不正があるのではないかと睨む。密命が下り、御徒目付の姪・利津が女隠密として下級公家のもとへ嫁ぐ。闘いが始まる！

ほうき星 (上)(下)

山本一力

江戸の夜空にハレー彗星が輝いた天保6年、江戸・深川に生をうけた娘・さち。下町の人情に包まれて育つ彼女を、思いがけない不幸が襲うが。ほうき星の運命の下、人生を切り拓いた娘の物語、感動の時代長編。